HEYNE<

DAS BUCH

Coblenz am Rhein, 1924. Soldaten der französischen Besatzung fallen einer Mordserie zum Opfer. Fremdenhass? Rache? Oder hat der Täter ein ganz anderes Motiv?

Als der französische Ermittler Aubert Anjou bei seinen Untersuchungen an seine Grenzen stößt, muss er wohl oder übel den jungen deutschen Kommissar Adalbert Wicker um Hilfe bitten. Zu Anjous Ärger vermutet dieser den Täter in den Reihen der Soldaten selbst. Doch Licht ins Dunkel kann erst dessen heimliche Geliebte bringen, die französische Krankenschwester Babette. Sie ist nicht nur der Schlüssel zu dem Fall, sondern auch zu Anjous verdrängter Vergangenheit. Kann die Liebe zwischen Babette und Adalbert den Hass zwischen Franzosen und Deutschen besiegen?

DER AUTOR

Dieter Aurass, 1955 in Frankfurt geboren, war Polizeibeamter, bis er nach seiner Pensionierung seinem eigentlichen Traum nachgehen konnte: dem Verfassen von Kriminalromanen. Nach einer Frankfurter Regionalkrimireihe legt er mit *Rheinlandbastard* seinen ersten historischen Roman vor. Er lebt mit seiner Frau bei Koblenz.

DIETER AURASS

Kriminalroman

WILHELM HEYNE VERLAG
MÜNCHEN

Der Verlag weist ausdrücklich darauf hin, dass im Text enthaltene externe Links vom Verlag nur bis zum Zeitpunkt der Buchveröffentlichung eingesehen werden konnten. Auf spätere Veränderungen hat der Verlag keinerlei Einfluss.
Eine Haftung des Verlags ist daher ausgeschlossen.

📕 Dieses Buch ist auch als E-Book erhältlich.

Verlagsgruppe Random House FSC® N001967

Originalausgabe 09/2019
Copyright © 2019 by Dieter Aurass
Copyright © 2019 dieser Ausgabe by
Wilhelm Heyne Verlag, München,
in der Verlagsgruppe Random House GmbH,
Neumarkter Straße 28, 81673 München
Printed in Germany
Redaktion: Heiko Arntz
Umschlaggestaltung: © Cornelia Niere, München, unter Verwendung von © Alamy Stock Foto/Zoonar GmbH/Anna Reichert und Trevillion Images/Elisabeth Ansley
Satz: KompetenzCenter Mönchengladbach
Druck und Bindung: GGP Media GmbH, Pößneck

ISBN: 978-3-453-43948-1
www.heyne.de

Prolog

Coblenz am Rhein, 1924

Alphonse Betancourt quälte sich die steinernen Stufen zu seinem Büro in der Festung Ehrenbreitstein hinauf und musste feststellen, dass die Jahre nach dem großen Krieg, die er an verschiedenen Orten überwiegend in Schreibstuben verbracht hatte, inzwischen ihren Tribut verlangten. Er war mit zweiundfünfzig Jahren durchaus noch nicht alt, aber sein Körper war nicht mehr zu den Leistungen fähig wie noch vor sechs Jahren.

Gegen Ende des Krieges hatte er sich nicht vorstellen können, dass er sich einmal als General im ehemaligen Feindesland aufhalten würde mit der Aufgabe, die französischen Besatzungstruppen im Rheinland anzuführen.

Anzuführen! Pah, wie pompös das klang. Seit er und seine Landsleute die Amerikaner abgelöst hatten, die bis Januar 1923 hier das Sagen gehabt hatten, hatte er sich von einem aktiven Soldaten in einen Verwalter verwandelt. Die Zeiten, als er in Schlachten an der Front gekämpft hatte, waren lange vorbei.

Nun hockte er in einem Büro hoch über dem Rhein und der Mosel in einer riesigen, in ihren Grundzügen seit dem 16. Jahrhundert bestehenden Festung, die nach den Beschlüssen des Versailler Vertrags und dem Willen Frankreichs eigentlich hätte geschleift werden sollen.

Seine Aufgabe war nicht die leichteste, selbst wenn er nur eine Art Verwalter war, denn seine Soldaten hatten bei Weitem nicht das lockere Verhältnis zum ehemaligen Feind, wie das bei den Amerikanern offensichtlich der Fall gewesen war. Zu viele französische Soldaten hatten Freunde, Kameraden und Familienangehörige verloren – anders als die Amerikaner, deren Familien ja nicht in Gefahr gewesen und die auch erst im April 1917 in den Krieg eingetreten waren.

Die meisten der hier in Coblenz stationierten Franzosen hassten die Deutschen, die ihrem Heimatland so unendlich viel Leid zugefügt hatten.

Betancourt hasste die Deutschen nicht. Nicht den einzelnen Deutschen. Er wusste, dass es stets die Machthaber waren, die in unseligem Streben nach Territorien oder Bodenschätzen ihr Volk in einen Krieg trieben. Das gemeine Volk hatte genug mit dem eigenen Überleben zu tun, als dass sie fremde Völker erobern wollten.

Nachdem sich Deutsche und Franzosen seit 1814 insgesamt dreimal in Kriegen auf dem Schlachtfeld gegenübergestanden und Millionen von jungen Männern ihr Leben verloren hatten, war die Grande Nation der Franzosen nicht mehr bereit, Deutschland jemals wieder erstarken zu lassen. Am besten wäre es gewesen, es in viele kleine Einzelstaaten zu zerschlagen.

Aber da waren leider noch die alliierten Nationen, die

Frankreich geholfen hatten, diesen Krieg zu gewinnen. Diese hatten auch ein Wort mitzureden, und sie waren in diesem Punkt leider anderer Ansicht gewesen.

Doch selbst die Deutschen im Rheinland waren sich nicht einig, ob sie zu der gerade entstandenen Weimarer Republik gehören wollten oder nicht, was immer wieder zu Spannungen auch innerhalb der deutschen Bevölkerung führte.

Und ausgerechnet er, Alphonse Betancourt, sollte diese Wogen glätten, sich mit den deutschen Behörden und deren Vertretern abstimmen, Streitigkeiten schlichten, Beschwerden der Deutschen über schlechte Behandlung durch Besatzungssoldaten bearbeiten und noch vieles mehr.

Seufzend ließ er sich auf den Stuhl hinter seinem Schreibtisch fallen, verscheuchte diese trüben Gedanken und bereitete sich auf die anstehenden Aufgaben des Tages vor.

»Oui, mon général!«

Der junge Offizier, der ihm wie jeden Morgen die Zeitung sowie die Post gebracht hatte, salutierte zackig und wandte sich zum Gehen.

»Einen Moment, François. Ich wollte Ihnen noch etwas mit auf den Weg geben.«

Der junge Mann unterbrach die Kehrtwendung und sah seinen kommandierenden Offizier fragend an.

General Alphonse Betancourt seufzte schwer. »Ich weiß, dass ihr jungen Männer in eurer freien Zeit die

Entspannung sucht, aber ich wäre froh, wenn ich sicher sein könnte, dass Sie sich nicht in deutschen Lokalen herumtreiben und vielleicht auch noch Entspannung bei deutschen Frauen suchen.«

Als sein Adjutant den Mund öffnete, um zu protestieren, hob Betancourt abwehrend die Hand.

»Schon gut, François, geben Sie sich keine Mühe. Ich weiß, was meine Offiziere und erst recht die Mannschaften außerhalb der Festung so treiben. Ich weiß leider mehr, als mir lieb ist. Vergessen Sie bitte nicht, dass wir noch vor wenigen Jahren Krieg gegen diese Leute geführt haben. Natürlich, wir haben gewonnen, aber das Deutsche Reich ist dabei sich zu erholen ... und das macht mir Sorge. Sie wissen selbst, dass wir nicht die gefeierten Befreier, sondern die bösen Besatzer sind, und ein Volk, das wieder zu erstarken beginnt, möchte sich vielleicht gerne von diesen Besatzern befreien. Ich mache mir Sorgen um die Sicherheit unserer Leute. Also passen Sie bitte auf, und versuchen Sie, auch auf die anderen Offiziere einen positiven Einfluss auszuüben. Kann ich mich auf Sie verlassen?«

»Selbstverständlich, *mon général*. Und ...«, Lieutenant François Desforges zögerte einen Moment, »*merci*, dass Sie sich Gedanken um uns machen. Ihr Offizierskorps weiß das zu schätzen. Sie wissen, dass wir Sie alle sehr verehren.«

Der General winkte unwillig ab. »Sie sollen mich nicht verehren, Sie sollen einfach auf meine Ratschläge hören. Aber gut, lassen wir es für den Moment dabei. Wegtreten, Lieutenant.«

Desforges hatte ein mulmiges Gefühl, den General am Morgen angelogen zu haben und ihn nun auch noch hintergehen zu wollen. Seit zwei Tagen freute er sich auf das Treffen mit Gretchen, mit der er seit drei Monaten zusammen war. Er war nicht bereit, das Treffen an diesem vielversprechenden lauen Sommerabend nur wegen der Sorgen eines alten Mannes abzusagen.

Beschwingten Schrittes ging er den Fußweg vom Südwestende der Festung hinunter in die Stadt. Der Weg schlängelte sich in engen Serpentinen zwischen Bäumen und dichtem Gebüsch, und die Karbidlaterne, die er mitgenommen hatte, erhellte den Boden zu seinen Füßen nur schwach. Aber das war ihm egal, denn er war mit seinen Gedanken ohnehin schon weit voraus, bei Gretchen, bei der ersten Umarmung, bei den Küssen, die sie gleich tauschen würden, und bei hoffentlich noch viel mehr.

Er spürte den dünnen Draht erst, als er ihm fast in den Spann des rechten Fußes schnitt, als er ungebremst darüber stolperte.

»*Merde!*«, entfuhr es ihm noch während des Sturzes. Er schlug hart auf den von Wurzelwerk durchzogenen Boden. Die Lampe entglitt seiner Hand und rollte in ein Gebüsch, einige Meter weiter unten. Sein erster Gedanke galt der möglichen Gefahr, einen Brand zu verursachen, der zweite seiner bis eben noch makellosen Uniform, die nun vermutlich ziemlich verdreckt sein würde.

So kann ich mich doch nicht mit Gretchen treffen, dachte er noch, als er einen mörderischen Schlag in den Rücken erhielt. Erst als er rechts und links seines Kopfes die beiden Hände sah, wurde ihm klar, dass jemand mit zwei Knien voran auf seinen Rücken gesprungen war.

»Was ...«, brachte er nur heraus, doch der Angreifer setzte sich jetzt schwer auf, und ihm blieb die Puste weg. François wollte sich gerade gegen das Gewicht auf seinem Rücken aufstemmen, als der Angreifer in seine kurzen schwarzen Locken griff und seinen Kopf mit einem Ruck nach hinten riss. Er versuchte sich mit aller Kraft zu befreien, doch vergeblich. Der bis aufs Äußerste nach hinten gebogene Kopf und die sich immer noch schmerzhaft in seinen unteren Rücken bohrenden Knie hatten ihn so fest im Griff, dass er den Schnitt auf der linken Seite seines Halses zuerst gar nicht spürte. Es war nur ein leichtes Ziehen, wie wenn man sich mit einer sehr scharfen Klinge in die Hand schnitt und im ersten Moment nicht einmal begriff, warum dort die Haut aufklaffte und Blut hervorquoll.

Erst als François Desforges – Lieutenant der französischen Truppen in Coblenz, vierundzwanzig Jahre alt, Überlebender der Schlacht von Amiens – versuchte, etwas zu sagen und das gurgelnde Geräusch aus seiner Kehle hörte, begriff er mit erschreckender Klarheit, dass der Angreifer ihm soeben die Kehle durchgeschnitten hatte. Mit dem Blut, das aus seiner Kehle und den durchtrennten Halsschlagadern rechts und links schoss, floss auch die Hoffnung aus ihm heraus, jemals wieder eine junge Frau in den Armen zu halten. Es wunderte ihn, dass er keine schrecklichen Schmerzen erlitt. Nur ein dumpfes Gefühl machte sich in ihm breit. Und er spürte auch keine Panik, nur große Traurigkeit.

Während die Welt um ihn herum in Dunkelheit versank und er nicht einmal mehr den schwachen Schein der einige Meter entfernt liegenden Lampe sehen konnte, galt sein letzter Gedanke Gretchen. Was würde sie denken, wenn er nicht erschien? Was würde ... sie ... tun? Wie ... würde ... sie ...?

1

Die Luft im Büro des Generals war zum Schneiden dick. Offensichtlich hatte Betancourt schon mehrere Pfeifen geraucht an diesem noch jungen Tag. Es war beileibe kein guter Tag, und Colonel Anjou konnte die Frustration des Festungskommandanten nachvollziehen.

Er selbst hatte den armen François Desforges nicht näher gekannt. Er pflegte grundsätzlich keinen Umgang mit den jungen Offizieren. In der Regel hatten sie wenig Verständnis für seine sehr spezielle Tätigkeit. Ein Ermittler in den eigenen Reihen war nicht unbedingt das, was ein Soldat seinen Freund nennen wollte. Didier Anjou war Militärpolizist. Es war Marschall Ferdinand Foch höchstpersönlich gewesen, der ihm kurz nach dem Ende des Krieges den Posten bei der Feldgendarmerie beschafft hatte. Denn Anjou war unbestechlich und unerbittlich. Wenn er ermittelte, dann ohne Ansehen der Person, ohne Rücksicht auf Günstlinge von hohen Offizieren aufgrund verwandtschaftlicher Beziehungen, wie sie in der französischen Armee nicht selten waren, die seit vielen Generationen von wahren Offiziersdynastien dominiert wurde.

François Desforges hatte nicht zu einer solchen Soldatenfamilie gehört. Er war der Sohn armer Bauersleute in der Bretagne gewesen und sehr früh der harten Feldarbeit entflohen. Anjou versuchte, sich vorzustellen, wie hart diese Arbeit gewesen sein musste, damit ein Siebzehnjähriger mitten in einem seit zwei Jahren andauernden Krieg zur Armee ging. Aus der Personalakte des Ermordeten wusste er, dass Desforges acht Geschwister gehabt hatte, von denen drei bereits in jungen Jahren verstorben waren.

Laut Personalakte war er ein guter Offizier gewesen. Er war bei Kameraden wie Untergebenen gleichermaßen beliebt gewesen.

»Du weißt, was ich von dir erwarte, Didier?«

Die Stimme des Generals klang müde. Die Trauer und das Verantwortungsgefühl für seine Soldaten lasteten schwer auf den Schultern des kommandierenden Offiziers. Es war eine Sache, Männer in der Schlacht zu verlieren, etwas ganz anderes war es, wenn ein junger Offizier in Friedenszeiten das Opfer einer solchen Tat wurde. Didier Anjou konnte sich vorstellen, welche Fragen sich der General gerade stellte: Hätte ich verhindern können, was geschehen ist? Trage ich eine Mitschuld?

Anjou kannte den General zu gut, um nur einen Moment zu glauben, das Schicksal des jungen Offiziers ginge ihm nicht zu Herzen.

Er und Betancourt hatten 1917 unter General Nivelle gedient, als dieser in der Schlacht an der Aisne innerhalb weniger Wochen in einem aussichtslosen Stellungskrieg gegen die überraschend starken Deutschen hohe Verluste erleiden musste. Als Nivelle im Mai 1917 vom Oberkommando abgelöst wurde, hatten Betancourt und er unter dessen Nachfolger, General Philippe Pétain, gedient. Sie hatten ihn dabei unterstützt, als er in der Folge der katastrophalen Kämpfe an der Aisne die zahlreichen meuternden Divisionen besuchte, um die Ordnung in der Armee wiederherzustellen. Betancourt und er waren so etwas wie Freunde geworden, soweit das aufgrund des Rangunterschiedes möglich war. Inzwischen war Betancourt selbst General, und ihre Wege hatten sich auch nach dem gewonnenen Krieg immer wieder gekreuzt. In diesem Fall hatte Betancourt ihn angefordert, und er wusste sehr genau, was von ihm erwartet wurde.

Colonel Anjou hatte Erfahrung mit Ermittlungen dieser Art, denn immer wieder gab es auch in der Armee Todesfälle aufgrund von Streitigkeiten, Rache oder Eifersucht.

»Was macht die Provence, Didier? Wann warst du zuletzt zu Hause?«

Die Frage überraschte ihn, und gleichzeitig hatte der General einen wunden Punkt getroffen. Es fiel Didier schwer, darüber zu reden, aber vor seinem Freund hatte er keine Geheimnisse.

»Ich war seit Giselles Tod nicht mehr dort. Ich bringe es einfach nicht über mich.« Sein Ton wurde verbittert. »Es gibt auch keinen Grund mehr, nach Hause zu fahren.«

Nach Hause ... Er hatte kein Zuhause mehr, seit seine geliebte Giselle gestorben war, an einer lächerlichen Krankheit, die ohne diesen unsäglichen Krieg leicht zu behandeln gewesen wäre. Aber die Medikamentenversorgung war zu der Zeit vorrangig für die kämpfenden Truppen gedacht, und während er an der Front gestanden hatte und die Medikamente für die Feldlazarette gebraucht wurden, war seine kleine Giselle elendiglich krepiert.

Ein weiteres Todesopfer, das auf das Konto des Krieges und somit auf die vermaledeiten Deutschen ging.

Und als wäre ihr unnötiger Tod nicht schon schlimm genug gewesen, war seine kleine Tochter mit ihren gerade mal elf Jahren zu fremden Leuten gekommen und war von diesen großgezogen worden.

»Es ist wegen deiner Tochter, habe ich recht? Will sie immer noch nichts von dir wissen?«

Didier nickte nur traurig und schwieg.

»Gib ihr Zeit, Didier, gib ihr Zeit. Irgendwann wird sie dich verstehen. Sie wird verstehen, was es für einen Soldaten bedeutet, im Krieg zu sein und keine Chance zu haben, nach Hause zu kommen, selbst wenn die eigene Ehefrau im Sterben liegt.«

»Genug davon. Lass uns von dem Fall sprechen. Die Sache ist ernst genug, und ich habe noch nicht viele Informationen.«

Betancourt stopfte erneut seine Pfeife und entzündete sie. Nachdem er mehrfach daran gezogen hatte, überzeugte er sich unnötig lang davon, dass die Glut ausreichend war.

Er weicht mir aus, dachte Anjou, und er begriff, dass irgendetwas im Busche war. Warum sonst sollte Betancourt nicht sofort mit der Sprache herausrücken.

»Nun«, begann Betancourt schließlich bedächtig, »wir haben da ein ... kleines Problem. Es betrifft unseren Rechtsmediziner.«

»Was ist mit ihm?«

»Nun ja, eigentlich nichts, nur dass er uns seit einer Woche nicht mehr zur Verfügung steht. Er wurde dringend nach Paris abberufen.«

Das war in der Tat ein Problem. Didier war zwar erfahren in Mordermittlungen, aber auf die Arbeit eines guten Rechtsmediziners konnte er nicht verzichten.

»Und wie bekomme ich die erforderlichen Informationen?«

Betancourt zögerte, seufzte schwer und setzte erneut an.

»Ich hätte da eine Alternative. Sie wird dir allerdings kaum gefallen.«

»Und die wäre?«

»Wir haben da einen deutschen Gerichtsmediziner, der ...«

Didier sprang auf. Seine Miene verfinsterte sich.

»Nur über meine Leiche! Ich arbeite nicht mit einem Deutschen zusammen. Und du weißt auch warum.«

»Bitte, Didier, beruhige dich. Natürlich kenne ich deine Meinung, und in gewisser Weise teile ich sie auch, aber bitte, hör mir zuerst zu, bevor du dein Urteil fällst.«

Didier funkelte Betancourt eine Weile böse an. Doch dann setzte er sich wieder. Was sollte er auch tun, schließlich war Betancourt bei aller Freundschaft noch immer sein Vorgesetzter.

»Ich höre«, sagte er knapp und verschränkte die Arme vor der Brust.

»Professor von Hohenstetten ist eine internationale Koryphäe, und er war nie, ich betone, nie im Krieg eingesetzt. Er stammt nicht von hier, sondern aus Mitteldeutschland, ich glaube aus Marburg. Meinen Quellen zufolge war er ein Kriegsgegner und ist unserer Nation sehr zugetan.«

»Das lässt sich im Nachhinein leicht behaupten.«

Der Blick des Generals verriet, dass er genau mit diesem Einwand gerechnet hatte.

»Vielleicht«, sagte er, und ein dezentes Lächeln umspielte seine Lippen, »aber von Hohenstetten ist seit dreiundzwanzig Jahren mit einer Französin verheiratet. Dann sieht die Sache schon anders aus, nicht wahr?«

Didier suchte verzweifelt nach einem Ausweg. Aber ihm wollte nichts einfallen. Und schließlich wollte er auch nicht den Eindruck erwecken, er würde sich vor seiner Pflicht drücken. Er war schließlich Soldat.

Anjou nickte langsam. »Na gut, ich kann ja mal mit ihm reden. Warum hat er nicht gedient? Nur weil er Kriegsgegner gewesen sein soll?«

Wieder stahl sich ein feines Lächeln auf das Gesicht des Generals.

»Warte einfach, bis du ihn triffst, dann wirst du es verstehen.«

2

Der junge Assistenzarzt fuhr sich nervös durch die dichten blonden Haare.

»Ich weiß auch nicht, was ihn aufhält, er muss jeden Moment kommen, ganz sicher.«

Seine Stimme hatte einen flehentlichen Klang. Er versuchte ein Lächeln, das nicht recht gelingen wollte. Dann ging er zur Tür des kleines Raumes, der offensichtlich als Wartezimmer diente, öffnete sie und blickte über den Flur, als könne er dadurch die Ankunft des Professors beschleunigen. »Er wollte längst hier sein.«

Didier hatte nicht vor, den jungen Mann zu beruhigen. Im Gegenteil. Er empfand eine gewisse Genugtuung dabei, weiterhin grimmig dreinzusehen und die weißen Handschuhe, die er in der rechten Hand hielt, ungeduldig in die offene linke Handfläche zu schlagen.

Als der junge Mann keine Anstalten machte, zu ihm zurückzukehren, wandte Didier sich ab und sah aus dem Fenster. Es ging auf den weitläufigen Park des Krankenhauses. Draußen war es hochsommerlich warm, nein, heiß. Um die dreißig Grad, obwohl es noch nicht einmal Mittag war. Die Hitze war selbst hier in dem kleinen Warteraum zu spüren, obwohl das Fenster geschlossen war.

Didier wollte gerade nachfragen, ob man ihn womöglich absichtlich warten lasse, als der junge Assistenzarzt erleichtert ausrief: »Herr Professor, da sind Sie ja.«

Gemächlich wandte Didier sich um ... und riss erstaunt die Augen auf.

In der Tür stand ein kleiner, älterer Mann von erstaunlicher Leibesfülle. Er mochte mindestens dreihundert Pfund auf die Waage bringen, und das bei einer Körpergröße von maximal einem Meter fünfundsechzig. Der weiße Kittel, den er trug, schien zum Zerreißen gespannt. Das gerötete Gesicht mit der Knollennase wurde von einer kleinen Nickelbrille geziert. Ein schütterer Haarkranz säumte eine Glatze, auf der ein Schweißfilm glänzte.

Der Mann strahlte ihn freundlich an und breitete jetzt zur Begrüßung die Arme aus. Didier sah die Hände, deren Finger dick wie Würste waren.

Wie kann ein Mann mit solchen Händen eine Leiche sezieren?, musste Didier denken. Doch seine Gedanken wurden unterbrochen.

»*Aaah, colonel Anjou*«, dröhnte die mächtige Bassstimme des kleinen Mannes. »*Je suis très heureux de faire enfin votre connaissance! C'est un grand honneur de rencontrer le célèbre colonel Anjou.*«*

Didier war zu verblüfft über das akzentfreie Französisch, um die ihm entgegengestreckte Hand *nicht* zu ergreifen, wie er es eigentlich vorgehabt hatte.

---

* Ich bin sehr glücklich, endlich Ihre Bekanntschaft zu machen! Es ist eine große Ehre, den berühmten Colonel Anjou kennenzulernen.

»*Monsieur le professeur, enchanté*«, erwiderte er instinktiv auf Französisch.* Die Hand des Professors war ebenfalls schweißnass, was angesichts der Leibesfülle des Mannes und der vorherrschenden Temperaturen nicht verwunderlich war.

»Ziehen Sie es vor, dass wir uns auf Französisch unterhalten?«, fragte der Professor erneut in Didiers Muttersprache.

Didier nickte und konnte nicht verhindern, dass er sich automatisch für sein Deutsch entschuldigte, das alles andere als perfekt war.

Was ist nur in mich gefahren?, schoss es ihm durch den Kopf. Die Begrüßung durch den Professor hatte ihn aus der Bahn geworfen. Seine bisherigen Kontakte mit Deutschen waren völlig anders verlaufen, und die Situation ließ ihn in einer gewissen Hilflosigkeit zurück.

Der Rechtsmediziner kam unterdessen ohne Umschweife auf das eigentliche Thema ihres Zusammentreffens zu sprechen. Seine Miene verfinsterte sich: »Was für eine traurige Angelegenheit, der Tod des armen Desforges, wirklich tragisch. So jung und dann einen so grausamen Tod zu sterben.«

Die Trauer in der Stimme klang echt, und Didier fragte sich, warum der Deutsche um einen französischen Soldaten trauern sollte.

»Was können Sie mir zu den Todesumständen sagen?«,

---

* Sehr angenehm, Herr Professor.

sagte er, um endlich die Kontrolle über das Gespräch zu gewinnen.

»Ja, ja, natürlich. Sie möchten Anhaltspunkte für die weiteren Ermittlungen, ich verstehe. Bitte folgen Sie mir, Colonel, ich möchte Ihnen die Leiche gerne zeigen, dann erklärt es sich leichter.«

Er drehte sich um und verließ erstaunlich schnellen Schrittes den Raum.

Didier folgte ihm durch mehrere Korridore und schließlich eine Treppe hinunter in das Kellergeschoss. Es folgten weitere Korridore, bis der Professor vor einem Raum mit einer schweren Stahltür stehen blieb. Er öffnete die Tür und ging voran. Didier folgte ihm.

Eiskalte Luft schlug ihm entgegen. Höchstens fünf Grad Celsius, schätzte Didier. Er erwischte sich dabei, dass er sich Sorgen um die Gesundheit des Professors machte. Verschwitzt wie er war, musste er sich hier doch den Tod holen ...

Verwundert über diese Gedanken schüttelte Didier den Kopf.

In dem Raum, der weiß gekachelt und hell erleuchtet war, standen drei Tische, auf denen mit weißen Leinentüchern abgedeckte Körper lagen. Zielstrebig ging von Hohenstetten auf den linken der drei Tische zu. Dann drehte er sich zu Didier um und fragte: »Sie sind bereit, Colonel Anjou? Es ist wahrlich kein schöner Anblick.« Dabei sah er ihn mit besorgter Miene an.

»Ich habe im Verlauf des Krieges und leider auch danach viele Scheußlichkeiten gesehen ... Bitte, decken Sie ihn auf«, fügte er nach einer kaum merklichen Pause hinzu.

Von Hohenstetten nickte. »Natürlich, wie unbedacht von mir. Ich kann mir vorstellen, dass Sie bei Ihrem Beruf nicht zimperlich sein dürfen.«

Professor von Hohenstetten nahm das Leinentuch und schlug es zurück.

Es war wirklich kein schöner Anblick, und Didier zog unwillkürlich die Luft ein. Der Kopf des Leichnams war überstreckt worden, sodass die klaffende Wunde einen tiefen Einblick in den Hals gewährte. Selbst für einen medizinischen Laien wie ihn war erkennbar, dass der Schnitt von der einen Halsarterie bis zur anderen reichte und durch die Luftröhre hindurch fast bis zur Halswirbelsäule ging. Nicht viel hätte gefehlt, und der Mann wäre enthauptet worden. Da die Leiche gewaschen und aufgrund der tödlichen Verletzung fast blutleer war, konnte Didier die Wundränder sehr genau erkennen.

»Sie werden bemerken, Colonel Anjou, dass der Körper fast keine Totenflecken aufweist, obwohl die Leiche mehrere Stunden auf dem Bauch gelegen hat, bevor sie gefunden wurde. Das ist auf die Blutleere zurückzuführen. Der arme François ist noch am Tatort innerhalb weniger Minuten fast vollständig ausgeblutet.«

Der Professor bekreuzigte sich und murmelte: »Der Herr sei seiner Seele gnädig, Amen.«

Didier nickte bedächtig. Dann sah er den Professor an. »Was können Sie mir zur Tatwaffe sagen?«

»Nun, wie Sie an den sehr glatten Wundrändern sehen

können, dürfte es sich um ein Messer mit einer äußerst scharfen Schneide gehandelt haben. Da der Schnitt sehr gerade ist, würde ich auf eine längere Klinge schließen. Ein Skalpell zum Beispiel hätte mit Sicherheit einen leicht gewellten Schnitt hinterlassen. Ich weiß nicht, was für eine Waffe zum Einsatz kam, aber ich habe dennoch ein recht genaues Bild vom Täter.«

Diese Aussage verblüffte Didier. »So?«

Von Hohenstetten wies auf die Wunde. »Egal wie scharf die Klinge auch war, der Schnitt wurde eindeutig ohne jedes Zögern und mit großer Kraft von links nach rechts ausgeführt. Das sagt uns, dass der Täter Rechtshänder war. Und ich würde behaupten, dass es ein Mann gewesen sein muss. Die erforderliche Kraft für einen solchen Schnitt in einem Zug würde eine Frau wohl kaum aufbringen.«

Er zögerte. Didier spürte, dass der Professor etwas loswerden wollte, also sah er ihn aufmunternd an.

»Darf ich eine Vermutung äußern?«, fragte dieser schließlich.

»Nur zu, deshalb bin ich hier.«

Professor Hans von Hohenstetten betrachtete die Leiche. Er sprach langsam, als würde er seine Worte mit größtem Bedacht wählen.

»Ich halte es für sehr wahrscheinlich, dass der Täter Erfahrung in dieser Art des Tötens hat. Vermutlich hat er schon viele Menschen getötet. Vielleicht wurde er sogar darin ausgebildet zu töten. Ich denke…«, er brach ab.

»Sprechen Sie es ruhig aus, Professor. Sie denken, dass es ein Soldat gewesen sein könnte, nicht wahr?«

Von Hohenstetten nickte. Er sah Didier mit traurigem Blick an. »Colonel, ich verabscheue jede Art des Tötens – von wem auch immer verübt. Ich bin nicht nur Arzt, sondern auch Pazifist. Deshalb war ich auch stets ein Gegner dieses unseligen Krieges. Nun, das sollten Sie wissen.«

Didier nickte, zum Zeichen, dass er die offenen Worte des Deutschen zur Kenntnis genommen hatte.

»Was können Sie mir sonst noch über die Leiche oder die Tat sagen? Gibt es irgendwelche Auffälligkeiten, die mehr über die Tatbegehung sagen?«

»Oh, natürlich. Dazu wäre ich gleich gekommen!«

Der Professor schien erleichtert, das Thema wechseln zu können. Er schlug das Leinentuch, das bisher den Unterkörper der Leiche bedeckt hatte, vollständig zurück.

»Schauen Sie sich das bitte an«, sagte er und deutete auf die Füße des toten Soldaten.

Mit gerunzelter Stirn ging Didier näher an den Tisch heran und sah, worauf der Rechtsmediziner ihn aufmerksam machen wollte. Kurz über dem Spann des rechten Fußes war eine Wunde zu sehen, die auf den ersten Blick ebenfalls wie eine Schnittverletzung aussah. Tatsächlich schien es sich aber eher um eine Abschürfung zu halten.

»Was ist das?«, fragte Didier.

»Eine Risswunde«, antwortete der Professor. »Verursacht mit aller Wahrscheinlichkeit von einem Stolperdraht. Desforges ist offensichtlich bergab gegangen und in vollem Schwung in den Draht gelaufen.« Der Professor sah auf. »Ihnen ist sicherlich klar, was das bedeutet?«

Didier nickte ernst. Es bedeutet, dass der Mord an

François Desforges keine Affekttat war. Nein, die Tat war geplant worden. Man hatte dem Lieutenant eine Falle gestellt. Der Stolperdraht erinnerte Didier an die Fallen von Partisanen, die regulären Truppen auflauerten, Hinterhalte legten, die den offenen Kampf scheuen. Verachtenswert ... aber leider sehr effizient.

Didier spürte, wie ihm eisige Schauer den Rücken hinunterliefen, und er wusste, dass es nichts mit der Kälte des Raumes zu tun hatte. Wenn die Tat das Werk deutscher Widerständler oder Freiheitskämpfer war, dann würde es nicht bei dieser einen Tat bleiben.

Er musste alle eventuellen Informanten in den Reihen der Deutschen und die dort eingeschleusten Franzosen befragen, ob ihnen etwas über eine momentan aktive Freiheitsbewegung bekannt war.

Didier war tief in Gedanken versunken. Er hörte kaum die Worte, die von Hohenstetten an ihn richtete.

»Wie bitte?«, sagte er, als der Professor ihn fragend ansah.

»Ich sagte, ich hoffe sehr, dass Sie den Täter möglichst bald finden und hinter Schloss und Riegel bringen. Ich möchte nicht noch einen jungen Mann mit durchgeschnittener Kehle hier auf dem Tisch haben.«

»Sicher, sicher, wir werden uns die größte Mühe geben«, antwortete er und wandte sich zum Gehen. Keine Sekunde länger hielt er es in diesem Eisschrank aus.

»Beschaffen Sie mir die Informationen, koste es, was es wolle. Ich muss wissen, ob es da eine deutsche Organisation gibt, die inzwischen kühn genug ist, einen Kameraden von uns zu töten. Sie wissen, was auf dem Spiel steht, Capitaine Dupré.«

Der schlaksige Offizier war nur ein Jahr älter als das Mordopfer, hatte aber bereits eine steile Karriere hinter sich. Didier kannte ihn noch nicht gut genug, aber er war ihm vom Oberkommando als einer der besten Rekrutierer von Spionen in den Reihen des Feindes empfohlen worden. Es war Didier letztendlich egal, auf welche Weise Dupré die Deutschen dazu bewegte, für die französische Besatzungsmacht zu spionieren. Er wollte auch nicht wissen, was das für Leute waren oder was sie antrieb. Für ihn zählten nur die Ergebnisse, die Informationen und Hinweise, die ihn zu dem Mörder von Desforges führen würden.

»Selbstverständlich, *mon colonel*, selbstverständlich. Ich werde mich beeilen und Ihnen die erforderlichen Informationen so schnell wie möglich beschaffen.«

Der Capitaine machte einen abwesenden und fahrigen Eindruck auf Didier. Ständig schaute er sich um, als müsse er sich versichern, dass niemand ihnen zuhörte, dass niemand sie beobachtete.

Vermutlich eine Folge seiner Arbeit, dachte Didier. Er war sich sicher, dass er selbst mit Spionen, Verrätern und Überläufern auf Dauer nicht würde arbeiten können. Vermutlich würde er über kurz oder lang genauso nervös und fahrig werden wie der Capitaine.

»Sie können wegtreten, Dupré.«

Er beachtete den jungen Mann nicht weiter und widmete sich wieder den Schriftstücken zu, die ihm der Büroschreiber vor wenigen Minuten gebracht hatte. Es waren Dossiers über sämtliche Offizier, mit denen Desforges zusammengearbeitet hatte.

3

»Claude, bitte, lass uns zurückgehen. Ich habe keine Lust mehr, und es scheint mir auch keine gute Idee zu sein, hier mitten in der Nacht herumzuschleichen.« Philippes Stimme klang ängstlich.

Claude Soiné schnaubte verächtlich. »Pah, du bist ein Hasenfuß, Philippe, weißt du das?«

»Lieber ein lebender Hasenfuß als ein toter Held«, gab der Angesprochene trotzig zurück. »Du weißt, dass es gegen das Reglement verstößt, wenn wir zu dieser Zeit noch irgendwo außerhalb unserer Unterkünfte herumstrolchen, zumindest seit dem, was vor Kurzem mit Desforges passiert ist.«

»Und wer will das überprüfen, hä? Und außerdem war Desforges Offizier. Wer immer es auf französische Soldaten abgesehen haben mag, wird sich nicht an zwei armen Caporals vergreifen. Also warum machst du dir in die Hosen? Lass uns lieber noch ein wenig Spaß haben. Ich kenne da ein Etablissement, in dem zahlungskräftige Kunden bei den Damen gerne gesehen sind. Ich habe seit dem letzten Sold nicht viel ausgeben können, und gerade jetzt steht mir der Sinn nach ein wenig weiblicher Gesellschaft.«

»Wir sollen uns doch nicht mit den deutschen Mädels einlassen.«

»Wir gehen ja auch nicht zu *Mädels*, kapierst du das nicht? Das sind richtige Damen.«

Philippe schüttelte traurig den Kopf. »Nein, Claude, tut mir leid. Ich gehe zurück zur Unterkunft, und mir ist egal, ob du Kopf und Kragen riskierst. Das Einzige, was ich für dich tun kann, ist, dich nicht zu verraten. Aber ich werde nicht an deinem Abenteuer teilnehmen.«

Mit diesen Worten drehte er sich um und eilte davon.

Also doch ein Hasenfuß, dachte Claude Soiné. Er war sich darüber im Klaren, dass er unter den Caporals den Ruf eines Unruhestifters hatte, weil er immer wieder gegen Vorschriften verstieß, was letztendlich auf alle zurückfiel. Aber es war ihm egal.

Jeder ist seines Glückes Schmied, und was konnte er dafür, dass seine Kameraden keinen Sinn für die kleinen Freuden des Lebens hatten.

Also machte er sich allein auf den Weg in die Altstadt von Coblenz. In der Nähe des Münzplatzes kannte er das Haus von Madame Dominique, wo sie mit ihren Damen residierte. Prachtvoll dekorierte Räume, lauschige Separees und Damen, die diese Bezeichnung verdienten. Kurz vor dem Platz zwang ihn eine Streife der Militärpolizei, in eine Seitenstraße Richtung Mosel auszuweichen. Das hätte ihm gerade noch gefehlt, dass ihn eine Streife aufgriff. Deshalb nahm er den Umweg gerne in Kauf und beschloss, am Moselufer ein wenig abzuwarten, bis die Streife sich weit genug entfernt hatte. Auf dem

Weg zur Uferpromenade drückte er sich an Hauswände, hielt sich im Schatten und vermied jeden Kontakt mit den wenigen Menschen, die jetzt noch unterwegs waren.

Er trug zwar keine Uniform, aber trotzdem war er an seiner Kleidung für jeden leicht als Franzose erkennbar. Ein Grund mehr, sich vorsichtig zu bewegen und nicht aufzufallen. Auf Deckung bedacht, schlich er den Moseluferweg entlang und hielt dabei Ausschau nach Soldaten oder auch deutschen Polizisten.

Niemand in Sicht. Es erschien ihm nun sicher genug, wieder den Weg zurück zum Münzplatz einzuschlagen. Gerade als er den Weg verlassen wollte, hörte er ein leises Geräusch hinter sich. Eilig drehte er sich um, damit er einem etwaigen Verfolger entweder entgegentreten oder vor ihm fliehen könnte.

Der dunkle Schatten, der auf ihn zuschoss, rammte ihn mit der Kraft einer Dampfmaschine. Claude ging zu Boden und rang nach Luft. Doch da schlossen sich bereits zwei Hände um seinen Hals und drückten zu wie Schraubstöcke.

Claude strampelte mit den Beinen wie ein hilfloses Kind. Er versuchte die Hände an seinem Hals fortzureißen. Aber vergeblich. Er blickte in das hassverzerrte Gesicht seines Angreifers, und er wusste, dass er keine Chance hatte. Noch immer strampelte er mit den Beinen, doch er spürte bereits, wie ihm die Kräfte schwanden. Dunkelheit verengte sein Gesichtsfeld.

Ich will nicht, will nicht sterben, will nicht sterben ... Nur diesen einen Gedanken konnte er noch denken.

Doch auch der wurde schwächer, im gleichen Maße, wie seine Kräfte nachließen und es immer dunkler wurde.

Schließlich hörte das Strampeln auf. Die Hände fielen kraftlos zu beiden Seiten herab.

Claude Soinés Augen waren weit aufgerissen, der Mund geöffnet, ohne dass auch nur ein Laut herausgekommen wäre. Die ewige Nacht hatte ihn umfangen, und er glitt hinüber in das Reich der Toten.

4

Der Spätsommer war in diesem Jahr entsetzlich heiß und schwül, und eigentlich hätte Didier Anjou froh sein müssen, an einen kühlen Ort gerufen zu werden – wenn es sich nicht gerade um die Leichenhalle von Professor von Hohenstetten gehandelt hätte. Und dies nur einen Tag nach seinem letzten Besuch.

Der Professor hatte ihm durch seinen Assistenten ausrichten lassen, dass er ihn, den Colonel, im Sektionsraum erwarte. Didier hatte es abgelehnt, sich von dem jungen Mann dorthin begleiten zu lassen. Er war allein in der Lage, die Stätte des Grauens zu finden.

Als er durch die Tür trat, beugte sich von Hohenstetten gerade über eine Leiche, in der Hand ein Vergrößerungsglas. Wobei »beugen« vielleicht nicht der richtige Ausdruck war, wie Didier durch den Kopf ging. Angesichts der geringen Körpergröße und der enormen Leibesfülle, reckte der Professor lediglich seinen glänzenden Schädel vor und inspizierte durch die riesige Lupe die Halsgegend des Toten.

Didier trat hinter den Professor und räusperte sich vernehmlich.

Von Hohenstetten fuhr erschrocken herum. Dann erhellten sich seine angespannten Gesichtszüge.

»Aaaah, Colonel Anjou«, strahlte er ihn an. »Wie schön, dass Sie so schnell kommen konnten.« Dann wurde sein Blick wieder ernst. »Obwohl es nun wahrlich kein schöner Anlass ist. Es betrübt mich sehr, Ihnen schon wieder von den Todesumständen eines Ihrer Landsleute berichten zu müssen.«

Er freut sich wirklich, mich zu sehen, dachte Didier verwundert. *Und es tut ihm anscheinend auch wirklich leid um den Ermordeten.* Was für eine Art Deutscher war dieser von Hohenstetten?

Didiers bisherige Kontakte zu Deutschen hatten nicht dazu beigetragen, seine Meinung über dieses Volk zu revidieren. Er musste sich allerdings eingestehen, dass er es überwiegend mit Spitzeln zu tun gehabt hatte, die, aus welchen Motiven auch immer, ihre eigenen Landsleute beobachteten, verrieten oder denunzierten. Bisher hatte er jeden Kontakt zur normalen Bevölkerung ganz bewusst vermieden. Zu tief saß der Schmerz über die Verluste in den Reihen der Kameraden und nicht zuletzt über den Tod seiner Frau, für den er voll und ganz die Deutschen verantwortlich machte.

Umso mehr verwunderte es ihn, dass er Professor von Hohenstetten so neutral gegenübertreten konnte. Er hatte in Gegenwart dieses Mannes keine negativen Gefühle, was ihn über alle Maßen erstaunte.

Er schüttelte leicht den Kopf, wie um die sentimentalen Gedanken zu verscheuchen. Er war schließlich dienstlich hier. »Was können Sie mir über die Todesumstände sagen?«, sagte er daher in geschäftsmäßigem Ton.

Der Professor wandte sich wieder der Leiche zu. »Ja. Also, der junge Mann ... wobei ich nicht einmal weiß, wie alt er war und wie er hieß ... er ist einen recht schnellen Tod gestorben, auch wenn es vielleicht nicht danach aussieht.«

»Caporal Soiné war neunzehn Jahre alt. Fast noch ein Kind«, warf Didier in die Unterhaltung ein.

Von Hohenstetten seufzte. »Schlimm, schlimm. Ich hatte gehofft, das sei nun endlich vorbei, nachdem bereits in diesem Irrsinn, den man Krieg nennt, so viele junge Männer ihr Leben lassen mussten ... auf beiden Seiten.«

Der Professor schien zu bemerken, dass Didier nicht aufgelegt war, sich mit ihm über den Krieg und dessen Sinn oder Irrsinn zu unterhalten. Also wandte er sich wieder dem eigentlichen Thema zu.

»Nach allem, was ich bisher herausfinden konnte«, dabei trat er zur Seite und gewährte dem Colonel einen Blick auf die Leiche, »wurde dem jungen Mann zwar ebenfalls die Kehle aufgeschnitten, aber zu diesem Zeitpunkt hat er bereits nicht mehr gelebt.«

»Wie können Sie da so sicher sein?«, fragte Didier. Er war näher an die Leiche herangetreten. Wie bei Desforges klaffte eine schreckliche Wunde am Hals des Mannes. Auch diesmal ging ein tiefer Schnitt von der einen Halsschlagader bis zur anderen.

»Wir können einerseits die ausgeprägten Totenflecken sehen«, wobei er auf einige Stellen des Körpers hinwies, »die belegen, dass der Körper ebenfalls auf dem Bauch gelegen hat. Sie konnten sich aber nur ausbilden, weil das

Opfer diesmal nicht ausgeblutet ist, was wiederum darin begründet ist, dass sein Herz schon nicht mehr schlug, als ihm der Schnitt zugefügt wurde. Außerdem habe ich nach der Reinigung der Wundränder sehr starke Hämatome am Hals entdeckt, die den Schluss zulassen, dass unser armer Freund erwürgt wurde. Und zwar von sehr, sehr kräftigen Händen. Bitte, Colonel, schauen Sie hier!«

Von Hohenstetten zeigte Didier die dunklen Verfärbungen ober- und unterhalb des quer über den gesamten Hals gehenden Schnittes. Didier deutete die dort erkennbaren Abdrücke der beiden offensichtlich überkreuzten Daumen und jeweils vier Finger auf jeder Seite, die sich bis in den Nacken erstreckten, als Beweis für die Größe der Hände. Wenn man von diesen auf die Größe des Mannes schließen konnte, musste es sich um einen sehr großen Täter handeln.

»Gibt es außer der Art der Tatbegehung noch einen weiteren Hinweis darauf, dass es sich um denselben Täter handeln könnte, Professor?«

Von Hohenstetten schüttelte traurig den Kopf. »Nein, leider nicht. Was ich sagen kann, ist, dass der Täter ... und ich zweifle keine Sekunde daran, dass es sich um einen Mann handelt ... von der Größe der Hände hochgerechnet vermutlich über einen Meter fünfundneunzig groß sein muss. Das schränkt den Kreis von Verdächtigen sicherlich sehr ein. Obwohl ...«

Er brach ab.

»Obwohl?«, fragte Didier erstaunt. »Bitte sprechen Sie weiter, Professor.«

»Mir ist nur gerade ein Gedanke gekommen, Colonel. Vielleicht ist es abwegig, aber die Schätzung der Größe des Täters ist nur dann zutreffend... nun, wenn der Mann nicht unter einer Missbildung leidet. Sie haben sicherlich schon mal einen zwergwüchsigen Menschen gesehen. Diese Menschen werden oft nur einen Meter zwanzig groß, haben aber überproportional große Köpfe und manchmal auch Hände. Es gibt immer wieder arme Kreaturen, die Missbildungen und abnorme Körperteile haben. Deshalb ist meine Größenschätzung des Täters mit einem Fragezeichen zu versehen. Ich möchte verhindern, dass Sie sich vorschnell auf einen Tätertyp festlegen, weil ich Sie in die falsche Richtung geleitet habe. Ich bedaure es sehr, dass ich Ihnen keine genaueren und vor allem sicheren Angaben machen kann.«

Trotz der Enttäuschung über die nun erfolgte Einschränkung, musste Didier dennoch die Ehrlichkeit des Deutschen bewundern und anerkennen. Es war eine neue Erfahrung, dass es da jemanden gab, der nicht mit Halbwissen prahlte und Vermutungen als sichere Feststellung verkaufte. Viel zu oft hatte er bei Untergebenen wie Vorgesetzten die Erfahrung gemacht, dass sie sich für nahezu unfehlbar hielten und selbst große Entscheidungen auf schlecht recherchierte Halbwahrheiten stützten. Meist war es bequemer, eine Annahme als Tatsache anzusehen und vor dort aus Entscheidungen abzuleiten, die sich im Nachhinein als fatale Irrtümer herausstellten.

»Ich danke Ihnen für Ihre Ehrlichkeit, Professor. Ich weiß das zu schätzen. Seien Sie versichert, dass ich bei der Beurteilung von Verdächtigen an Ihre Worte denken werde.«

»Das ist nicht, was ich hören will, Didier. Es kann doch nicht sein, dass du noch keine Ergebnisse vorzuweisen hast. Was sagen denn die Spione? Gibt es da keine Hinweise auf den oder die Täter? Wie kann das sein?«

General Betancourt war sichtlich unzufrieden, und Didier konnte es ihm nicht verdenken.

»Haben die Spione von Dupré nichts herausgefunden?«

»Nein, und ich bin mit Sicherheit genauso unzufrieden damit wie du. Ich habe auch bereits einen Zeugen gefunden, der zumindest etwas dazu sagen kann, was Soiné zu dieser Zeit an diesem Ort zu suchen hatte.«

Es schmerzte Didier, den aufkeimenden Hoffnungsschimmer in den Augen von General Betancourt zu sehen ... und zu wissen, dass er diese Hoffnung enttäuschen musste.

»Viel ist es nicht, Alphonse, aber sein Kumpan, der Caporal Philippe Masselin, hat ausgesagt, dass Caporal Soiné ein gewisses Etablissement aufsuchen wollte. Er weiß nicht, wo genau dieses Hurenhaus sein soll. Er hat Soiné auf halbem Weg allein gelassen. Ich habe Capitaine Dupré darauf angesetzt herauszufinden, in welchen Etablissements unsere Leute sich herumtreiben. Meine Vermutung geht dahin, dass Soiné aus irgendeinem Grund nicht auf direktem Weg dorthin gegangen ist. Vielleicht hat er sich verlaufen. Auf jeden Fall sieht es für mich eher so aus, als wäre er ein zufälliges Opfer.«

General Betancourt zog nachdenklich die Brauen zusammen.

»Können wir denn ausschließen, dass es bei den beiden Morden nicht um etwas Persönliches ging? Vielleicht haben die beiden eine Verbindung zueinander gehabt und gemeinsam etwas getan, was ihnen den Zorn eines oder mehrerer Deutscher eingebracht hat.«

»Ebenso gut könnte es sein«, warf Didier ein, »dass ein Deutscher oder eine Gruppe von Deutschen wahllos französische Soldaten umbringt. Sollte Caporal Soiné wirklich ein Zufallsopfer gewesen sein, würde das diese Theorie stützen.«

»Wie auch immer, ich erwarte, dass du in beide Richtungen ermittelst und mich sofort informierst, wenn es Neuigkeiten gibt.«

Eine Weile schwieg Betancourt, er sah versonnen auf seinen Schreibtisch, und Didier hatte schon das Gefühl, das Gespräch sei vorüber. Doch dann hob der General den Blick. Er sah Didier ernst an.

»Dieser Fall ist ungewöhnlich, das muss ich dir nicht erst erklären, und ich überlege, ob wir deshalb nicht auch zu ungewöhnlichen Methoden greifen müssen.«

Didier sah seinen Freund und Vorgesetzten erstaunt an. »Ungewöhnliche Methoden? Was meinst du damit?«

Betancourt seufzte. »Didier, hör mir zu. Ich weiß, wie es um dein Verhältnis zu den Deutschen steht. Aber du kannst dich nicht für alle Zeit um die Zusammenarbeit mit ihnen drücken. Und mit Professor von Hohenstetten scheint die Zusammenarbeit ja bestens zu funktionieren.«

Didier spürte ein flaues Gefühl im Magen. »Du denkst an …?«

»Ganz recht, Didier.« Betancourt nickte. »Ich denke an Amtshilfe.«

5

Die Akten auf seinem Schreibtisch waren alt und staubig. Er nahm die oberste vom Stapel und schlug sie auf. Die Protokolle waren in einer kleinen, aber makellosen Handschrift in der seit 1915 in ganz Preußen und somit auch in allen Amtsstuben eingeführten deutschen Sütterlinschrift geschrieben.

Allerdings fragte sich Adalbert Wicker, wo diese Akten gelagert worden waren, dass sie innerhalb weniger Jahre so viel Staub angezogen hatten. Er hatte in den vergangenen zwei Jahren die Polizeischule besucht und erst vor wenigen Wochen die Prüfung zum Kommissar erfolgreich abgelegt.

Seine Freude war groß gewesen, als er erfahren hatte, dass er nicht zur Polizeiwache in Daun in der Eifel zurückkehren würde, wo er vor seiner Ausbildung Dienst als Schutzmann geleistet hatte. Stattdessen hatte er voller Stolz zu Hause bei seinen Eltern die Versetzungsverfügung nach Coblenz vorzeigen dürfen. Das war zwar die Garnisonsstadt, in der die Franzosen residierten, die das gesamte Rheinland noch immer besetzt hielten, aber das war für Adalbert kein Problem. Er mochte Frankreich, ihm gefiel die Lebensart der Franzosen, und in der

Schulzeit war er in Französisch immer einer der Besten gewesen.

Vielleicht war das der Grund, warum sie ihn nach Coblenz versetzt hatten? Bisher hatte er allerdings keinen noch so kurzen Kontakt mit der Besatzungsmacht gehabt. Was nützten ihm also seine Sprachkenntnisse?

Er musste lächeln bei dem Gedanken. So ganz stimmte dies nicht, denn er hatte vor drei Wochen ein französisches Mädchen kennengelernt. Die junge Französin sprach so gut wie kein Deutsch. Das war seine große Chance gewesen ...

Die vor ihm liegende alte Akte war vergessen, denn Adalbert träumte vor sich hin. Es war ein angenehmes Gefühl, an Babette zu denken. Er freute sich auf ihr nächstes Treffen, das schon bald stattfinden sollte. Er sah ihr feines Gesicht vor sich, die zarte helle Haut, eingerahmt von ihren langen schwarzen Locken und die sanften braunen Augen, in denen er am liebsten versinken würde.

Erst als er die Hand an seiner Schulter fühlte, drang die Stimme in sein Bewusstsein, die offensichtlich nicht zum ersten Mal seinen Namen rief.

»Kommissar Wicker, hallo, Herr Kommissar! So hören Sie doch!«

Überrascht fuhr Adalbert herum und sah in das besorgte Gesicht des Büroschreibers Kargel.

»Geht es Ihnen nicht gut, Herr Kommissar? Ich habe Sie schon dreimal gerufen.«

»Nein, nein, mir geht es gut, ich war nur in Gedanken. Was gibt es denn Dringendes?«

»Der Herr Kriminalrat hat nach Ihnen geschickt. Sie mögen ihn bitte so schnell wie möglich in seinem Büro aufsuchen.«

»Kennen Sie den Grund?«

Der Büroschreiber, ein kleines Männchen von geschätzten hundert Jahren, der Adalbert so zerbrechlich vorkam, dass er nie wagte, ihn laut anzusprechen, wand sich sichtlich. Adalberts kriminalistischer Spürsinn sagte ihm, dass Kargel sehr wohl wusste, worum es ging, der Kriminalrat ihm aber verboten hatte, etwas zu sagen.

»Schon gut, Herr Kargel, machen Sie sich keine Gedanken. Ich werde es ja gleich erfahren.«

Die Erleichterung, dass er nicht insistierte, war Kargel deutlich anzusehen. Sich immer wieder verbeugend, zog er sich im Rückwärtsgang aus der Amtsstube zurück.

Adalbert seufzte, legte die Akte vorsichtig wieder auf den Stapel, konnte aber dennoch nicht verhindern, dass er eine kleine Staubwolke aufwirbelte. Als er seinen Schreibtischstuhl über den gewienerten Dielenboden zurückschob, störte ihn erneut das quietschende Geräusch, das durch Holz auf Holz verursacht wurde. Nachdem er den Sitz seiner Hosenträger überprüft hatte, zog er sich noch die Krawatte fest, die er wegen der Hitze ein wenig gelockert hatte, nahm sein Jackett von dem Garderobenständer und zog es wieder an.

Man trat nicht vor den Vorgesetzten, ohne korrekt gekleidet zu sein. Adalbert wusste, dass Kriminalrat Heinrich Weidung darauf großen Wert legte. Schwitzend und die Hitze verfluchend stieg er die knarzende Treppe in den ersten Stock hinauf, wo Weidung in seinem großen Büro residierte. Vor seiner Tür angekommen, überprüfte er noch einmal den korrekten Sitz seiner Kleidung und klopfte an.

»Herein«, erklang die Stimme seines Vorgesetzten.

Weidung hatte eine laute Stimme, und die setzte er gern ein. Er polterte und schrie zu jeder ihm passend erscheinenden Gelegenheit. Adalbert führte dies auch darauf zurück, dass er im Grunde unzufrieden damit war, an den Schreibtisch gefesselt zu sein.

In der Schlacht an der Somme – der verlustreichsten Schlacht des gesamten Krieges mit mehr als einer Million gefallenen, verwundeten oder vermissten Soldaten – hatte er 1916 sein linkes Bein verloren und lief heute mehr schlecht als recht mit einem Holzbein und einem Gehstock herum. Einer der Unterwachtmeister der Dienststelle hatte Adalbert kurz nach seinem Dienstantritt verraten, dass die Beamten ihren Dienststellenleiter hinter vorgehaltener Hand gerne »Käpt'n Ahab« nannten – nicht nur wegen des Holzbeins, sondern auch weil er Straftäter mit der gleichen Unnachgiebigkeit und Härte verfolgte wie der Kapitän den Wal Moby Dick.

»Sie haben nach mir geschickt, Herr Kriminalrat?«, sagte Adalbert jetzt, als er die Tür hinter sich schloss.

Heinrich Weidung saß in seinem Ledersessel hinter dem Schreibtisch, die qualmende Zigarre im Mundwinkel. Sein Holzbein ruhte auf einem kleinen Schemel.

Weidung war in das Studium einer Akte vertieft, die er in der Hand hielt, und er sah auch nicht auf, als Adalbert bereits vor ihm stand. »Setzen!«, knurrte er nur und wies mit einer freien Hand auf den Besucherstuhl.

Adalbert nahm Platz und wartete darauf, dass der Kriminalrat ihn ansprechen würde. Als nach minutenlangem Warten noch immer keine Ansprache erfolgt war, wagte er es, sich leise zu räuspern ... ohne Erfolg. Erst als die Asche an Weidungs Zigarre so lang geworden war, dass er sie in dem vor ihm stehenden Aschenbecher abstreifen musste, fiel sein Blick auf Adalbert.

»Wicker, gut dass Sie da sind. Ich habe da einen Auftrag für Sie.«

Das war seltsam, denn üblicherweise verteilte der Kriminalrat nicht persönlich die Aufgaben an seine Mitarbeiter. Man bekam eine Aktennotiz, in der einem ein Fall zugewiesen wurde, was allerdings bisher bei Adalbert noch nicht passiert war. Wollte der Leiter der Dienststelle ihm seinen ersten großen Auftrag persönlich übergeben? War das die Akte, die er gerade so intensiv studierte?

»Ich hatte heute Morgen Besuch von einem gewissen Capitaine Dupré«, begann der Kriminalrat. »Er hat mir eine Nachricht von General Betancourt übermittelt.«

Weidung hielt inne und sah Adalbert aus seinen stechenden Augen unter seinen buschigen Augenbrauen an. Der weiße Vollbart im Stil des immer noch im Exil lebenden Kaisers Wilhelm zeigte deutlich, wo seine Loyalität lag. Tatsächlich hatte er kaum die Namen der französischen Offiziere ausgesprochen, als er sich zu dem Spucknapf umwandte, der neben ihm stand, und ausspie. Schweißperlen glänzten auf seiner Glatze.

»Ich frage mich«, brummte er, »was man mir da für eine Laus in den Pelz gesetzt hat. Ihrer Personalakte konnte ich entnehmen, dass Sie fließend Französisch sprechen. Sind Sie ein Freund dieser Froschfresser, oder sind Sie patriotischer Deutscher?«

Adalbert war entsetzt. Anstatt dass man ihm einen neuen Fall übergab, sah er sich nun einem hochnotpeinlichen Verhör über seine Gesinnung ausgesetzt. Aber selbstverständlich war es ein Gebot der Disziplin und des Gehorsams, auf solche Fragen Antwort zu geben.

»Selbstverständlich gehört meine Loyalität dem Vaterland, Herr Kriminalrat. Ich bitte Sie, keine Zweifel zu hegen, dass ich voll und ganz hinter der Demokratie und der Republik stehe.«

Im selben Moment wusste er, dass er einen schweren Fehler begangen hatte. Weidung war bekanntermaßen Monarchist und hätte den Kaiser lieber heute als morgen wieder an der Macht gesehen. Die Republik war ihm zutiefst suspekt, und wiederholt hatte er ihre Schwäche, die sie bei den Wirren der vergangenen Jahre offenbart hatte, kritisiert.

»Soso. Sie sind also ein Anhänger der Republik. Wahrscheinlich haben Sie auch noch eine dieser unsäglichen Parteien gewählt, wie?«

Adalbert hielt es für klüger, auf diese Frage nicht zu antworten, zumal er seine Sympathien für die SPD nicht an die große Glocke hängen wollte. Zu seiner Erleichterung wandte Weidung sich aber endlich dem eigentlichen Thema zu.

»Dieser Franzmann ... er hat mir eine *Bitte* zukommen lassen«, sagte er, und wie er das Wort »Bitte« aussprach, wurde klar, dass es sich nicht um eine höfliche Anfrage gehandelt hatte, »ihn bei Ermittlungen zu unterstützen, die die Franzosen offensichtlich überfordern.«

Adalbert bezweifelte, dass die Franzosen von einer »Überforderung« gesprochen hätten, aber er hielt wohlweislich den Mund.

»Es gibt da zwei Morde an Franzosen, bei denen ihre eigenen Ermittler nicht weiterkommen, was mich offen gesagt kein bisschen wundert. Also wurde ich gebeten, ihnen einen erfahrenen deutschen Ermittler an die Seite zu stellen, der des Französischen mächtig ist. Da habe ich an Sie gedacht, Wicker. Nun, was sagen Sie zu dem Auftrag?«

Adalbert war sprachlos. Er schwankte zwischen Freude über seinen ersten Mordfall und Angst davor, zwischen den Fronten zerrieben zu werden. Auch war ihm klar, dass Weidung den Franzosen offenbar den jüngsten Kommissar zuweisen wollte, vermutlich weil er ihm nicht zutraute, den Franzosen eine große Hilfe zu sein. Aber seine bisherigen Vorgesetzten hatten ihn nicht ohne Grund für die Polizeiakademie vorgeschlagen, denn sie hatten ihm immer wieder bescheinigt, dass er auch in ungewöhnlichen Situationen einen kühlen Kopf bewahrte. Genau das musste er jetzt beweisen. Er sammelte sich und überlegte mit Bedacht seine Worte.

»Ich muss mich bei Ihnen bedanken, Herr Kriminalrat, dass Sie so viel Vertrauen in mich und meine Fähigkeiten setzen«, sagte er schließlich. »Ich darf Sie versichern, dass ich mit aller Kraft an der Lösung des Falles arbeiten und weder Sie noch die Franzosen enttäuschen werde.«

Weidung runzelte die Stirn und sah ihn skeptisch an. Die Antwort schien ihn zu verwirren. Als ein großes Stück Asche von der Spitze seiner Zigarre auf die Unterlagen auf seinem Schreibtisch fiel, fluchte er laut. Er nahm die Akte und blies die Asche fort. Schließlich wandte er sich wieder Adalbert zu.

»Was sitzen Sie noch hier herum? Machen Sie sich auf den Weg, und melden Sie sich unverzüglich bei einem …«, er sah in die Akte, die er gerade von den Ascheresten befreit hatte, »… Colonel Anjou in der Kommandantur auf der Festung. Marsch, Marsch.«

Adalbert sprang auf und wollte aus dem Büro eilen, als Weidung ihm noch etwas hinterherrief: »Ich erwarte täglich einen Bericht von Ihnen über die Zusammenarbeit und die Ergebnisse Ihrer Arbeit, ist das klar?«

»Jawoll, Herr Kriminalrat«, rief Adalbert über die Schulter zurück und eilte davon.

6

Er hatte es nicht für möglich gehalten, dass Betancourt seine Drohung wahr machen würde. Er hatte sich etwas Zeit ausbedungen, und Betancourt hatte eingewilligt. Aber als Didier ihm gestern nach drei Tagen Ermittlungsarbeit gestehen musste, dass es nach wie vor keinerlei Hinweise auf einen oder mehrere Täter gab, konnte er Betancourt nicht länger hinhalten. Alle Spitzelarbeit hatte lediglich die Erkenntnis erbracht, dass viele Deutsche eine klammheimliche Freude darüber empfanden, dass zwei französische Soldaten getötet worden waren. Bei manchen war die Freude nicht nur klammheimlich gewesen. Sie hatten in den Gaststätten von Coblenz nach einigen Schoppen Wein mit gelockerter Zunge lautstark Zustimmung geäußert zu den Aktionen eines unbekannten Patrioten. Laut den Auskünften der Spione von Capitaine Dupré begannen bereits einige radikal denkende Deutsche damit, den oder die Unbekannten als Vorbilder hinzustellen und dazu aufzurufen, ihrem Beispiel zu folgen und die Franzosen endlich wieder davonzujagen.

Betancourt war sehr ungehalten gewesen und hatte gedroht, drastische Maßnahmen gegen eventuelle Aufrührer zu ergreifen. Dupré wurde aufgefordert, noch mehr

Spione zur Überwachung der Deutschen einzusetzen und ihn ständig über die Entwicklung auf dem Laufenden zu halten.

Angesichts dieser Situation war Didier klar gewesen, dass er Betancourt nicht länger davon abhalten konnte, bei den Deutschen um Amtshilfe zu bitten. Ein erfahrener deutscher Kriminalpolizist sollte also in den Reihen der Verdächtigen ermitteln, und Didier musste es zähneknirschend akzeptieren.

Der Besuch des ihm noch unbekannten Mannes war für heute zwei Uhr angekündigt, und er hatte nicht vor, dem Unbekannten einen übermäßig freundlichen Empfang zu bereiten. Er hatte Order gegeben, den Deutschen am Eingangstor gründlich zu durchsuchen, ihn an die nächste Station weiterzureichen und die gleiche Prozedur dort zu wiederholen, bevor er von zwei bewaffneten Wachen in seinem Büro vorgeführt würde. Es würde an der Situation nichts ändern, aber der Deutsche sollte gleich wissen, wer hier das Sagen hatte.

Als die Tür aufging und zwei Wachhabende einen etwas derangiert aussehenden Mann wie einen Gefangenen hereinführten, sprang Didier verwundert hinter seinem Schreibtisch auf.

»Wer ist das?« Das konnte sich doch nur um eine Verwechslung handeln. Ihm war ein erfahrener deutscher Kriminalkommissar angekündigt worden. Der Mensch da vor ihm sah aus wie ein Schulknabe, der sich auf dem Pausenhof geprügelt hatte und zum Direktor geschickt worden war. »Wen bringt ihr mir da? Ihr solltet doch den deutschen Polizisten zu mir bringen, Wer ist das?«

Die beiden Caporals sahen betreten zu Boden. Einer räusperte sich schließlich. Er wies auf den jungen Mann.

»Das ist der deutsche Polizist, *mon colonel*. Wir haben ihn kontrolliert. Die Papiere sind in Ordnung.« Er senkte wieder den Blick.

Didier überlegte fieberhaft. War das eine offene Provokation der Deutschen? Wie sollte er darauf reagieren? Was sollte er mit diesem Grünschnabel anfangen? Vom Alter her hätte er leicht sein Sohn sein können.

»Nun gut, nehmt ihn mit und schickt ihn zurück zu den Deutschen. Ich kann meine Zeit nicht mit derartigen Kindereien vergeuden.«

Die Caporals wollten den Deutschen gerade ergreifen, als der junge Mann sich zu Wort meldete.

»Ich denke, das ist keine sehr gute Idee, *mon colonel*«, sagte er in fast akzentfreiem Französisch. »Kriminalrat Weidung wird nicht begeistert sein, wenn ich unverrichteter Dinge wieder zurückkehre. Immerhin sollte ich Ihnen in einem wichtigen Fall behilflich sein, und wenn ich ohne Ergebnisse zurückkehre, wird mein Vorgesetzter mir die größten Vorwürfe machen.«

»Wer sind Sie?«, war alles, was Didier hervorbrachte.

Der junge Mann versuchte, seine Kleidung einigermaßen in Ordnung zu bringen. Als er seine Krawatte zurechtgerückt hatte und sich mit beiden Händen durch den blonden Haarschopf gefahren war, lächelte er höflich und verbeugte sich in Didiers Richtung.

»Bitte entschuldigen Sie meine Unhöflichkeit, *mon colonel*. Mein Name ist Adalbert Wicker, Kriminalkommissar in der Dienststelle Coblenz. Mein Auftrag lautet, die französische Armee bei den Ermittlungen zu zwei Todesfällen zu unterstützen, soweit es in meiner Macht und meinen Fähigkeiten steht.«

Die beiden Caporale waren jeder einen Schritt seitlich von ihm gewichen und starrten ihn mit offenen Mündern an. Auch Didier war für den Moment sprachlos. Aber der junge Mann ließ ihm keine Zeit, über eine angemessene Replik nachzudenken, denn er fuhr in seiner sehr gewählten Ausdrucksweise fort:

»Wenn ich mir eine Anmerkung erlauben darf, dann möchte ich die Vermutung äußern, dass die Wahl auf meine Person gefallen ist, weil ich ein hoffentlich verständliches Französisch spreche. Ich muss leider zugeben, dass meine Erfahrungen in Mordermittlungen sich bisher lediglich auf die Theorie beschränken, aber ich hoffe, Ihnen dennoch nützlich sein zu können. Ich hatte den Eindruck, dass Sie wohl einen älteren und erfahreneren Kollegen erwartet hatten.«

Sein ironisches Lächeln machte deutlich, dass der Junge sehr wohl verstanden hatte, welches Spiel hier gespielt wurde. Aber er schien es nicht übel zu nehmen – nicht ihm, Didier, und auch nicht seinem deutschen Vorgesetzten.

Was für ein seltsamer junger Mann, dieser Adalbert Wicker, dachte Didier. Wie alt mochte er sein? Anfang zwanzig? Er war auf jeden Fall zu jung, um am Krieg teilgenommen zu haben, was für Didier eine große Erleichterung darstellte. Er konnte sich die Fragen sparen, an welchen Fronten er gekämpft, an welchen Schlachten er teilgenommen hatte und ob sie sich vielleicht irgendwo auf dem Schlachtfeld gegenübergestanden hatten.

»Wie kommt es, dass Sie so gut unsere Sprache sprechen?«

Die Antwort schien Wicker ein wenig peinlich zu sein, und er zögerte einen Moment, bevor er antwortete.

»Was soll ich sagen? Ich bin in einem kleinen Dorf in der Eifel aufgewachsen, in dem es wenig Abwechslung von der harten Feldarbeit gab. Außer meinem frühen Interesse für den Beruf eines Gendarmen hatte ich nur noch ein anderes großes Interesse: die französische Sprache und die Literatur Ihres Heimatlandes.« Er zuckte mit den Schultern. »Und ich habe mich stets mit Balzac, Hugo und Molière wohler gefühlt als mit den Herren Goethe und Schiller, ich weiß auch nicht warum.«

Didier konnte ein Schmunzeln nicht unterdrücken. Als er so alt gewesen war wie der Junge vor ihm, hatte er ebenfalls Balzac gelesen, und die Komödien von Molière... In diesem Moment kam ihm zum Bewusstsein, dass die beiden Caporals noch immer dastanden und der Unterhaltung mit offenen Mündern folgten.

»*Messieurs*!« Die Caporals nahmen sofort Haltung an. »Wegtreten, ich brauche Sie nicht mehr.«

Die beiden sahen sich verwundert an. Dann salutierten sie, riefen: »*Oui, mon colonel!*«, und machten auf dem Absatz kehrt.

Adalbert Wicker sah ihnen mit einem amüsiert wirkenden Lächeln nach, als sie den Raum verließen. Er schien keinen Groll wegen der rüden Behandlung zu hegen, die er durch sie erfahren hatte. Unwillkürlich empfand Didier große Achtung vor dem Jungen.

»Nehmen Sie bitte Platz, Monsieur Wicker, oder soll ich Sie Herr Kommissar nennen?«

Wicker winkte ab. »Ach was, Sie können mich gerne Adalbert nennen, schließlich sollen wir doch zusammenarbeiten, wenn ich das richtig verstanden habe.«

Er nahm auf dem Besucherstuhl Platz. Dann sah er den Colonel abwartend an.

Abgesehen von dem blonden Haarschopf, erinnerte Adalbert Wicker ihn sehr an eine jüngere Ausgabe seiner selbst. Sein bartloses Gesicht wurde von einer aristokratischen Nase dominiert, zu der die etwas verträumt wirkenden Augen nicht so recht zu passen schienen.

Didiers Haare waren inzwischen ergraut und wichen an der Stirn deutlich zurück, und er war noch nicht einmal fünfzig Jahre alt. Lediglich sein Bart an Oberlippe und Kinn war noch so kräftig kastanienbraun wie sein Haupthaar früher.

Er bemerkte, dass Wicker ihn musterte. Hastig räusperte er sich. »Äh ja, ganz recht. Das ist in der Tat der Auftrag, den General Betancourt mir und Ihrem Vorgesetzten gegeben hat, Monsieur Wicker.« Er konnte sich nicht dazu durchringen, einen Deutschen beim Vornamen zu nennen. »Aber bevor wir uns den Tatsachen widmen, würde ich gerne noch ein wenig mehr über Sie wissen. Ihre

Vorliebe für französische Literatur kenne ich nun, aber mich würde mehr Ihr Leben interessieren. Wie alt sind Sie, was haben Sie an polizeilicher Erfahrung, wie sind Ihre Lebensumstände ... also die üblichen Informationen.«

Er lehnte sich zurück und sah den jungen Mann an. Die Frage schien ihn in Verlegenheit zu versetzen. Die Souveränität, die er eben noch ausgestrahlt hatte, war verschwunden

»Nun denn«, sagte er dann schließlich, »ich bin dreiundzwanzig Jahre alt, unverheiratet und mit Leib und Seele Polizist. Ich habe schon erwähnt, dass ich in der Eifel aufgewachsen bin. Dort habe ich auch mit sechzehn begonnen, im Polizeidienst zu arbeiten. Ich hatte überwiegend mit Viehdiebstählen zu tun, oder mit Wirtshausschlägereien. Aber mir hat die Arbeit Spaß gemacht, und ich war auch recht erfolgreich.«

Langsam schien der junge Mann sich warmzureden.

»Ich kenne die Menschen in dieser Region, ihre Stärken, ihre Schwächen, und ich bilde mir ein, sie einschätzen zu können, wenn es darum geht, ob sie die Wahrheit sagen oder mir etwas vorzumachen versuchen. Sollten also Ihre Ermittlungen etwas mit Deutschen zu tun haben, denke ich, dass ich Ihnen durchaus eine Hilfe sein kann.«

Didier war versucht, ihm mit deutlichen Worten zu sagen, dass es *selbstverständlich* mit Deutschen zu tun hatte und was er von Menschen hielt, die brave Soldaten heimtückisch ermordeten. Doch er presste die Kiefer zusammen und schluckte die Bemerkung hinunter. Der Deutsche würde noch früh genug merken, was von seinen

Landsleuten zu erwarten war, dessen war er sich sicher. Aber im Moment galt es, etwas anderes zu klären: »Wie sieht es mit Ihrer Einstellung zum Krieg und zur alliierten Besetzung des Rheinlandes aus?«

Die Frage traf Wicker offensichtlich völlig unvorbereitet. Er starrte sein Gegenüber mit offenem Mund an. Es dauerte einen Moment, bis er sich wieder gefasst hatte, und Didier sah ihm sofort an, dass er gleich eine nicht mehr so freundliche Antwort geben würde.

»Ich kann nicht glauben, dass Sie mir eine solche Frage stellen«, begann Wicker, und sein Ton verriet deutlich seine Entrüstung, »ich war, wie Sie sich leicht ausrechnen können, bei Ende des Krieges siebzehn Jahre alt. Hätte ich nicht bei der Polizei angefangen, wäre ich noch eingezogen worden und hätte mitkämpfen müssen. Ich bin froh, dass es nicht so weit gekommen ist, denn ich hätte gegen Menschen kämpfen müssen, deren Lebensart mir immer näher war als die der oft so nüchternen Deutschen. Aber wenn es so weit gekommen wäre, hätte ich selbstverständlich für mein Vaterland gekämpft, daraus will ich keinen Hehl machen. Was soll ich zur Besetzung des Rheinlandes sagen? Dass ich begeistert bin und mir nichts Schöneres vorstellen kann, als dass Sie unsere Verbindung zur neuen Republik einschränken? Sicherlich nicht. Um Ihnen meine innersten Gedanken und Gefühle zu offenbaren und Ihnen zu erzählen, wie meine politischen Ansichten sind und wen ich gerne an der Regierung sähe – nun, ich denke, dafür kennen wir uns noch nicht gut genug. Seien Sie aber versichert, dass ich alles daransetzen werde, Ihnen bei der Aufklärung dieser Morde zu helfen und die Täter ohne Ansehen der Person, der gesellschaftlichen Stellung oder der Volkszugehörigkeit ihrer gerechten Strafe zuzuführen.«

Wicker holte tief Luft und atmete dann geräuschvoll aus. Sein Gesicht war gerötet. Aber er sah Didier unverwandt in die Augen.

Didier war mehr als nur ein wenig überrascht. Der Junge hatte Selbstbewusstsein, ohne arrogant zu wirken, wie dies so oft bei jungen Männern der Fall war. Er schien keine Angst vor ihm zu haben, dem lebensälteren und dienstgradhöheren Mitglied der Besatzungsmacht. Der Junge imponierte ihm, auch wenn er sich dies nur widerwillig eingestehen wollte.

Didier gab sich einen Ruck. Also schön, er würde mit diesem Deutschen zusammenarbeiten. Aber nur befristet. Und er würde es ihm nicht einfach machen.

»Ich will das für den Moment so stehen lassen«, sagte er schließlich. »Ich schlage vor, ich setze Sie zuerst von den uns vorliegenden Fakten in Kenntnis. Mir ist nicht bekannt, inwieweit Ihr Vorgesetzter sie bereits informiert hat, aber die Sachlage ist folgende. Vor sechs Tagen ...«

7

Erst hatte sie vor sich hin gepfiffen. Man sagte doch, dass man damit die Angst verscheuchen könne. Doch der gewünschte Effekt hatte sich nicht eingestellt. Dann hatte sie es mit Singen probiert. »Sur le pont d'Avignon«. Aber die Dunkelheit ringsum und die Geräusche des Waldes wirkten nur noch umso bedrohlicher. Deswegen hatte sie schnell wieder damit aufgehört.

Welcher unselige Geist hatte sie nur dazu bewegt, zu dieser Stunde allein durch einen stockfinsteren Wald zu laufen? Sie hätte das Angebot von Gérard annehmen sollen, der vorgeschlagen hatte, sie zu begleiten.

Der junge Pfleger war ein Freund, der in der gleichen Schicht im Krankenhaus arbeitete wie sie. Sie hatte dankend abgelehnt, da sie das unbestimmte Gefühl hatte, das Gérard sich mehr von ihr erhoffte als lediglich Freundschaft. Der neunzehnjährige ehemalige Soldat hatte bei einer Übung eine Verletzung davongetragen, die zur Versteifung seines linken Beins geführt hatte. Da er für den Soldatenberuf nicht mehr geeignet war, hatte er den Vorschlag, als Pfleger im Militärkrankenhaus zu arbeiten, notgedrungen angenommen. Er war ein netter Junge, zwei Jahre jünger als sie, und sie wünschte, er wäre jetzt an ihrer Seite, selbst wenn er sich falsche Hoffnungen gemacht hätte.

Früher hatte sie nie Angst in der Dunkelheit gehabt. Im Gegenteil, die Dunkelheit war lange Jahre ein guter Begleiter gewesen, wenn sie mit ihrem Schicksal gehadert hatte, traurig und allein gewesen war und sich dem Traum nach einer besseren Zeit hingegeben hatte. Aber seit die beiden französischen Soldaten getötet worden waren, schien es ihr in Coblenz nicht mehr sicher zu sein. Sie versuchte, sich damit zu beruhigen, dass es Soldaten gewesen waren, die ums Leben gekommen waren. Sie war kein Soldat, sie war nur eine kleine Krankenschwester, und aus welchem Grund sollte jemand sie töten wollen?

Ein Geräusch vor ihr ließ sie zusammenfahren. War da jemand? Ein Tier? Oder ein Mensch?

Sie überlegte, ob sie umkehren und so schnell wie möglich zurücklaufen sollte. Wegen des Vollmondes war sie der Meinung gewesen, keine Lampe zu benötigen, was sie nun bitterlich bereute. Der Waldweg war zwar im schwachen Silberschein deutlich genug zu sehen, aber rechts und links war das Dickicht eine einzige schwarze Masse.

Sie stand noch immer wie erstarrt da. Jetzt war das Geräusch erneut zu hören. Es klang, als würde ein großes Tier durchs Dickicht schleichen.

Sie hatte als Kind viel über Tiere gelesen. Sie wusste, dass Tiere einen Fluchtreflex hatten, aber auch, dass es Tiere gab, die im Angesicht der Gefahr in eine Schockstarre verfielen. Genau das schien bei ihr der Fall zu sein.

Sie wollte sich umwenden und weglaufen ... aber sie konnte es nicht!

In diesem Moment brach aus dem Dickicht eine große, dunkle Gestalt und stürzte sich auf sie. Sie schloss die Augen. Das war das Ende. Sie wurde gepackt und herumgerissen. Dann berührte etwas Feuchtes ihr Gesicht – und es dauerte einen Moment, bis sie begriff, dass es ... Küsse waren.

Wie aus weiter Ferne hörte sie die Stimme, die zu ihr sagte: »Liebste, was ist mit dir? Ich bin es. Habe ich dich erschreckt? Ich bin es, Adalbert. Babette, Liebste, was ist mit dir?«

Es war Adalbert! Ihr Adalbert! Er war ihr auf halber Strecke entgegengekommen, wahrscheinlich aus Sorge um sie!

Mehr aus Verärgerung über sich selbst und ihre kindischen Gedanken und Ängste, stieß sie ihn von sich und schlug ihm mit der flachen Hand vor die Brust.

»Wie kannst du mich nur so erschrecken! Ich wäre beinahe gestorben vor Angst!«

Als sie sein leidendes Gesicht im Schein des Mondes erkannte und sah, dass er sich die schwersten Vorwürfe zu machen schien, musste sie lachen. Sie trat auf ihn zu und schlang die Arme nun fest um ihn.

»Entschuldige, Liebster, aber ich hatte solche Angst. Warum hast du dich durchs Gebüsch geschlagen? Warum bist du nicht auf dem Weg gegangen? Ich dachte, der Mörder, der hier sein Unwesen treibt, wäre hinter mir her.«

»Ich … verzeih mir … so weit habe ich nicht gedacht. Kannst du mir noch mal vergeben? Ich bin eine Abkürzung gegangen, um schneller bei dir zu sein.«

Nun war es an ihr, ihn mit Küssen zu bedecken.

»Hauptsache, du bist jetzt bei mir. Komm, lass uns schnell diesen unheimlichen Ort verlassen.«

Er schlang seinen Arm um sie, und gemeinsam gingen sie den Weg weiter in Richtung Stadt.

8

Er hasste die Deutschen aus tiefster Seele und mit jeder Faser seines Körpers. Mit unnachgiebiger Härte ging er gegen jeden seiner Landsleute vor, der mit den Deutschen fraternisierte oder, noch schlimmer, ein amouröses Verhältnis mit einer deutschen Frau einging. Dies war allen Soldaten untersagt, aber in den letzten beiden Jahren wurde die Verordnung nur noch lasch gehandhabt und Verstöße in den seltensten Fällen bestraft.

Doch nicht so in seiner Einheit. Seine Soldaten wussten, dass er kein Pardon kannte, und nahmen sich in Acht. Für viele schien der Krieg schon zu lange her zu sein, oder sie waren so jung, dass sie nicht einmal daran teilgenommen hatten. Aber selbst bei diesen versuchte er, das Feindbild aufrechtzuerhalten.

Capitaine Jacques Villeneuf war ein großer Verfechter des Plans gewesen, die Festung Ehrenbreitstein zu schleifen, wie es im Vertrag von Versailles festgelegt worden war. Es war für ihn wie eine verlorene Schlacht gewesen, als dieser verdammte Amerikaner, General Henry T. Allen, zusammen mit dem vermaledeiten britischen Major O'Connor Ende Februar 1922 erreichte, dass die Festung als geschichtliches Denkmal erhalten bleiben sollte.

Geschichtliches Denkmal! Er hätte es den Deutschen gezeigt, was er von ihrer Geschichte hielt. Genauso, wie er es diesem deutschen Mörder zeigen würde, der schon zwei seiner Landsleute feige und hinterrücks ermordet hatte. In seiner Fantasie malte er sich aus, was er mit dem Mörder alles anstellen würde, wenn er ihn in die Hände bekäme.

Unter anderem aus diesem Grund hatte er sich für die Patrouille gemeldet und war nun mit dreien seiner Caporals und einem Lieutenant in der Altstadt von Coblenz unterwegs. Der Auftrag lautete zwar lediglich, die Einhaltung des aktuell erlassenen Ausgangsverbots für die Soldaten der Armee zu garantieren, aber Villeneuf hatte bei seinen Soldaten kein Geheimnis daraus gemacht, dass er bei dieser Gelegenheit auch Ausschau nach dem Mörder halten wollte. Mit diesem Plan hatte er einen Nerv bei seinen Soldaten getroffen, und alle waren mit Leib und Seele dabei. An diesem Abend hatten sie schon drei verdächtige Gestalten aufgegriffen. Sie hatten sie nicht mit Samthandschuhen angefasst. Sie hatten sie fast vollständig ausgezogen auf der Suche nach Waffen, nach einem scharfen Messer, genauer gesagt. Viel mehr Anhaltspunkte gab es leider nicht. Groß und stark sollte er sein, aber das traf auf einige der Zeitgenossen zu, die zu dieser Zeit noch durch die Straßen gingen. Meist waren es Wirtshausbesucher, die dann auch oft reichlich getrunken hatten und nicht schnell genug begriffen, was da eigentlich mit ihnen geschah.

Villeneuf pfiff seine Soldaten nicht zurück, wenn es zu

Rangeleien kam. Er war auch nicht eingeschritten, als ein besonders vorwitziger Kerl meinte, seinen Männern ernsthaft Widerstand leisten zu können. Sie hatten ihn halb nackt und blutend auf der Straße zurückgelassen. Der Mann sollte froh sein, dass sie ihn nicht in Gewahrsam genommen hatten. Ihm waren die Deutschen egal, in seinen Augen konnte es gar keine Unschuldigen treffen.

So ging das bereits seit vier Nächten. Inzwischen hatte sich anscheinend herumgesprochen, dass sie jeden auffallend großen Mann aufgriffen, der sich nach Mitternacht noch auf der Straße aufhielt. Aus diesem Grund trafen sie nicht mehr viele Menschen an, und Villeneuf bemerkte die Unzufriedenheit bei seinen Leuten. Sie wirkten gereizt und frustriert, und er konnte nicht dafür garantieren, dass der nächste Deutsche, der ihnen in die Hände fiel, mit heiler Haut davonkam.

Sie bogen gerade um eine Hausecke auf den Platz in der Altstadt, den die Deutschen den »Plan« nannten. An dem Brunnen in der Mitte des Platzes, in den leise plätschernd Wasser floss, sahen sie drei Gestalten, die in der Dunkelheit trotz des noch immer hell scheinenden, leicht abnehmenden Mondes nicht zu erkennen waren. Sie trugen dunkle Kutten und hatten Kapuzen über dem Kopf, deren Rand über die Augen hing und die Gesichter verdeckte. Einer von Villeneufs Soldaten rief sie bereits von Weitem an, was der Capitaine sofort als Fehler erkannte. Die drei großen Gestalten liefen wie auf ein geheimes Zeichen in verschiedene Richtungen davon. In Zweiergruppen, jeweils zwei Caporals und der Lieutenant mit dem letzten Caporal, machten sich die Soldaten an die Verfolgung.

Villeneuf ging langsam zu dem Brunnen, um sich dort umzusehen, ob die Männer vielleicht etwas zurückgelassen hatten. Er ging einmal um den Brunnen herum, einen etwa drei Meter hohen Steinquader, um den sich noch ein fast zwei Meter breites umlaufendes Becken erstreckte, konnte aber nichts entdecken. Es blieb ihm nichts anderes übrig, als an Ort und Stelle auf die Rückkehr seiner Soldaten zu warten. Einerseits wäre er gerne dabei gewesen, wenn sie einen der Flüchtigen stellten, andererseits war er froh, dass er nicht unbedingt würde einschreiten müssen, wenn sie ein wenig übers Ziel hinausschossen.

Er verschränkte die Arme vor der Brust und lehnte sich an den Rand des Brunnens. Plötzlich hörte er links von sich in dem Becken ein Plätschern.

Erschrocken zuckte er zusammen. War da jemand?

Langsam und vorsichtig ging Villeneuf um den Brunnen herum. Als er den Brunnen zur Hälfte umrundet hatte und nichts finden konnte, wollte er sich gerade wieder abwenden und Ausschau nach seinen Leuten halten, als er erneut das Plätschern hörte. Diesmal lief er schneller um den Brunnen herum, konnte aber erneut nichts entdecken.

Er trat an den Rand des Brunnenbeckens. Es widerstrebte ihm, in der Dunkelheit in das Wasser zu greifen. Er beugte sich vor, aber er sah nur den Mond, der sich in der schwarzen Wasseroberfläche spiegelte.

Und dann sah er ein Gesicht. Eine schrecklich verzerrte Grimasse.

Villeneuf wollte sich aufrichten, aber es war zu spät.

Hände hatten ihm am Kragen seiner Uniform gepackt und zogen ihn mit Macht über den Rand des Brunnens in das dunkle Wasser. Sein erstaunter Aufschrei ging in einem Gurgeln unter. Der Capitaine schlug wild um sich, versuchte sich zu befreien. Aber er wurde mit aller Kraft gehalten. Er bekam einen Arm zu fassen, wollte ihn fortreißen. Doch selbst wenn es ihm gelungen wäre, den Arm des Angreifers mit beiden Händen von seinem Kragen zu lösen, wäre es ihm nicht vergönnt gewesen, je wieder einen Atemzug zu tun.

Das Messer, das durch seine Kehle schnitt, so leicht wie ein heißer Draht durch Butter, hinterließ eine klaffende Wunde, aus der im Dunkel des Wassers eine Mischung aus Luftblasen und Blut schoss.

9

Adalbert war von lautem Klopfen an seiner Tür aus dem Schlaf gerissen worden. Er hatte verstört auf den Wecker gesehen: noch nicht einmal fünf Uhr. Als Adalbert verschlafen die Tür geöffnet hatte, sah er in das besorgte Gesicht seines Vermieters.

»Was ist los?«, hatte er gefragt.

»Ein Bote des Polizeipräsidiums hat mir gerade eine Nachricht gebracht, dass Sie sofort zur Dienststelle kommen sollen. Es hat einen neuen Mord gegeben.«

Er war sofort hellwach gewesen. Jetzt stand er in der Altstadt vor dem Brunnen auf dem Plan, der durch französische Truppen weiträumig abgesperrt war. Es war nicht so einfach gewesen, durch die Absperrung zu kommen, weil die Franzosen keinen Deutschen durchlassen wollten. Colonel Anjou, der schon vor ihm am Ort des Geschehens gewesen war, musste erst intervenieren, damit die Soldaten ihn murrend durchließen. Adalbert glaubte, die hasserfüllten Blicke der Soldaten in seinen Rücken geradezu zu spüren.

Die Sonne war bereits aufgegangen und beschien die grausige Szenerie. In dem Becken des Brunnens lag der Leichnam eines Uniformierten in seinem Blut. Ein Mitarbeiter der Stadtwerke hatte auf Befehl des Colonels das Wasser abgedreht, das für gewöhnlich in das Becken lief, damit durch den Abfluss des Wassers nicht noch mehr Spuren vernichtet würden.

Adalbert konnte die Leiche an den Rangabzeichen als Capitaine identifizieren. Der Mann lag im Wasser auf dem Rücken wie in einem großen Badezuber, sodass man den durchschnittenen Hals sehen konnte.

»Kennen Sie das Opfer, Colonel?«, fragte Adalbert leise.

Anjou schüttelte den Kopf. »Nein, aber ich weiß, wer es ist. Die Soldaten seiner Patrouille haben den Vorfall gemeldet, weshalb wir auch die relativ genaue Uhrzeit kennen. Der Mord an Capitaine Villeneuf muss etwa eine halbe Stunde nach Mitternacht geschehen sein. Der Trupp hat eine Gruppe verdächtiger Gestalten hier am Brunnen gesehen, und als diese geflüchtet sind, haben sie die Verfolgung aufgenommen. Capitaine Villeneuf blieb allein am Brunnen zurück…«

»… und wurde hier ermordet und dann in den Brunnen gelegt«, ergänzte Adalbert.

Anjou runzelte die Brauen und schüttelte den Kopf. »Das glaube ich nicht. Schauen Sie sich einmal um. Fällt Ihnen rund um den Brunnen irgendetwas auf?«

Adalbert sah den Franzosen verwundert an. Dann ging er einmal langsam um den Brunnen herum. Als er wieder bei Anjou war, bedachte der ihn mit einem leicht spöttischen Lächeln, das Adalbert nicht recht zu deuten wusste.

»Nichts, ich konnte nichts entdecken.«

Als Anjou, noch immer lächelnd, die Augenbrauen hob, durchfuhr Adalbert die Erkenntnis wie ein Blitz. Er schlug sich mit der flachen Hand vor die Stirn. »Aber natürlich, wie dumm von mir. Bitte entschuldigen Sie meine Begriffsstutzigkeit, Colonel. Genau das ist der Punkt! Dass nichts zu entdecken ist – kein Blut! Die Abwesenheit von Blut außerhalb des Brunnens legt nahe, dass der Capitaine in dem Brunnenbecken getötet wurde. Wie seltsam.«

»Nun gut«, sagte Anjou und nickte, »ich sehe, wir sind beide über kurz oder lang zu demselben Schluss gekommen. Ob uns die Erkenntnis weiterhilft, werden wir sehen. Ich werde jetzt die Leiche aus dem Brunnen bergen lassen und veranlassen, dass sie dem Rechtsmediziner zugeführt wird. Ich schlage vor, wir treffen uns in zwei Stunden im Krankenhaus bei Professor von Hohenstetten.«

Mit diesen Worten wandte er sich um und ging davon. Adalbert stand noch eine kleine Weile verwirrt am Brunnen und fragte sich, was nun von ihm erwartet wurde. Es war nur niemand mehr da, der ihm eine Antwort auf diese Frage hätte geben können. Er besann sich einen Moment, dann beschloss er, es mit guter alter Polizeiarbeit zu versuchen und sich auf die Suche nach möglichen Zeugen zu machen. In den verbleibenden zwei Stunden, abzüglich des Weges ins Krankenhaus, würde er sicherlich einige Anwohner befragen können.

Adalbert hatte nicht mit so viel Feindseligkeit gerechnet. Wo immer er klingelte, traf er auf mürrische Menschen.

Zugegeben, es war es noch sehr früh am Morgen. Aber die meisten Männer und Frauen, die er antraf, würden ohnehin bald zur Arbeit eilen. Bei einer alten Dame hatte er immerhin Erfolg. Sie erklärte ihm, dass sie unter Schlafstörungen leide und zum Tatzeitpunkt tatsächlich aus dem Fenster gesehen habe. Adalbert versicherte sich durch einen Blick aus dem Wohnzimmerfenster, dass sie eine hervorragende Sicht auf den Brunnen hatte. Laut ihrer Aussage hatte sie sowohl die herumlungernden vermummten Gestalten gesehen, als auch, wie diese vor den herannahenden Franzosen geflohen waren. Was dann geschah, hatte sie nicht richtig erkennen können. Es hatte ausgesehen, als wenn der Mann beim Brunnen mit jemandem gerungen habe. Aber es hätte sich genauso gut um einen Trunkenbold handeln können, der mit seinem Mageninhalt gerungen habe.

Leider konnte sie auch die vermummten Gestalten nicht genauer beschreiben. Sie waren halt vermummt gewesen und hatten sich die meiste Zeit im Schatten des Brunnens aufgehalten.

Nach der alten Dame traf Adalbert einen Mann an, dessen Wohnung ebenfalls zum Platz hinausging. Er war Mitte vierzig und arbeitslos. Er gab sich zunächst recht zuvorkommend und höflich, bis ihm klar wurde, dass es um den Mörder des französischen Soldaten ging. Sofort fing er an zu schimpfen. Die Franzosen waren an allem schuld – an der Misere im Land im Allgemeinen und an seiner Arbeitslosigkeit im Besonderen.

»Ich versteh nicht, warum die deutsche Polizei daran

interessiert ist, diesen Mann zu fassen?«, rief er erzürnt aus. »Der tut uns doch einen Gefallen. Ich hoffe jedenfalls inständig, dass er noch eine Zeit lang weitermacht.«

Adalbert war entsetzt gewesen und hatte ihn barsch darauf hingewiesen, dass dort am Brunnen ein Mensch auf grausame Weise sein Leben verloren habe. Aber der Mann war taub für seine humanitären Einwände. Adalbert hätte nicht schlecht Laune gehabt, ihn aufgrund seiner Äußerungen als Verdächtigen zur Wache mitzunehmen.

Der nächste Mann, der ihm unter Umständen hätte weiterhelfen können, war ein Kriegsversehrter, der 1916 in der Schlacht von Verdun ein Bein verloren hatte. Auch der Veteran hatte wenig Verständnis für Adalberts Ermittlungen und zeigte sich hocherfreut, dass endlich jemand gegen die Besatzer vorging.

»Ich sage es ehrlich, und Sie können mich dafür einsperren, aber wenn ich noch so beweglich wie früher wäre, würde ich noch heute diesen unbekannten Helden bei seinem Kreuzzug unterstützen. Denken Sie von mir, was Sie wollen, Herr Kommissar, aber ich bin ein Patriot, und diese verdammten Franzosen müssen bekämpft werden.«

Frustriert gab Adalbert die Befragung schließlich auf und machte sich auf den Weg zum Krankenhaus, in dem die Obduktion von Capitaine Villeneuf stattfinden sollte.

Als Adalbert wenig später den Kellerraum betrat, zu dem ihm ein Mitarbeiter des Professors den Weg gewiesen hatte, war Anjou bereits anwesend. Er stand neben einem sehr kleinen, sehr dicken älteren Mann, bei dem es sich um den Rechtsmediziner handeln musste. Adalbert beschlich ein mulmiges Gefühl. Er war noch bei keiner Obduktion zugegen gewesen. Er hatte lediglich in Büchern darüber gelesen. In diesen Büchern waren grobkörnige Fotografien zu sehen gewesen, die trotz der schlechten Qualität grauslich genug ausgesehen hatten.

Er blieb respektvoll in einiger Distanz stehen. Die beiden Männer unterhielten sich leise und schienen ihn gar nicht zu bemerken. Adalbert räusperte sich.

Anjou wandte sich um.

»Aha, unser junger Kommissar hat zu uns gefunden.« Ein spöttisches Lächeln umspielte die Lippen des Colonels. »Dann wollen wir mal sehen, was er zu dem neuerlichen Fall sagt.«

Er trat ein wenig zur Seite und schien darauf zu warten, dass Adalbert näher kam. Der kleine dicke Mann, der auf der anderen Seite des Tisches stand, sah interessiert zwischen dem Colonel und Adalbert hin und her.

Anjou hatte Adalbert wie gewohnt auf Französisch angesprochen, und Adalbert antwortete ebenfalls wie gewohnt auf Französisch: »Gerne, Colonel, aber ich möchte darauf hinweisen, dass ich bisher keine Erfahrung mit Leichenöffnungen habe.« An den Mediziner gewandt, sagte er auf Deutsch: »Ich habe Colonel Anjou gerade darüber aufgeklärt, dass ich …«

Der Mann lachte laut auf, aber es war ein freundliches Lachen.

»Sie brauchen nicht zu übersetzen, junger Mann«, sagte

er ebenfalls in fließendem Französisch. »Ich verstehe Sie sehr gut. Es ist durchaus keine Schande, wenn ein so junger Mensch wie Sie bisher noch wenig Erfahrung mit dem Tod sammeln konnte. Vielleicht kann ich Ihnen vorab erklären, was ich bisher herausfinden konnte. Sofern der Colonel einverstanden ist?« Er sah fragend zu Anjou.

Als dieser nickte, winkte der Mediziner Adalbert näher heran. »Kommen Sie, kommen Sie!«

Mit einem Zögern trat Adalbert direkt an den Seziertisch. Erst jetzt sah er das volle Ausmaß des Eingriffs des Professors. Der Mediziner hatte die Brust des Capitaine Villeneuf durch zwei große Schnitte in Form eines Ts aufgeschnitten. Oben auf Höhe des Schlüsselbeins durch einen waagerechten Schnitt und einen zweiten Schnitt, der von dessen Mitte senkrecht nach unten bis zur Scham verlief. Die sich daraus ergebenden Hautlappen waren nach außen geklappt worden und gaben den Blick auf einen Brustkorb frei, der einen schrecklichen Anblick bot. Die Rippen waren gebrochen und nach oben gebogen, darunter befand sich eine leere Höhle. Adalbert war von dem Fehlen der Organe geradezu geschockt.

»Wo …? Warum …?«, stotterte er und blickte fragend zu Professor von Hohenstetten auf.

Der Professor lachte erneut sein gutmütiges Lachen, was Adalbert in diesem Moment eher unangemessen zu sein schien.

»Junger Mann, ich vermute, sie vermissen das hier«, wobei er sich umwandte und aus einer Metallschale einen blutigen Klumpen Fleisch nahm, den er Adalbert wie eine Trophäe vor die Nase hielt.

»Die Lunge unseres armen Capitaine. Sie hat uns die gewünschten Aufschlüsse gebracht.«

Adalbert betrachtete den unförmigen Fleischklumpen. Er spürte, wie sein Magen revoltierte und sich in seiner Speiseröhre etwas aufstaute, was er vermutlich nicht mehr lange bei sich behalten konnte. Er konnte ein deutlich vernehmliches Würgen nicht unterdrücken und hörte gerade noch, wie Professor von Hohenstetten ihm zurief: »Links hinten in der Ecke steht ein Eimer!«

Er schaffte es, seinen Mageninhalt noch so lange bei sich zu behalten, bis er den Eimer erblickte. Im nächsten Moment war er dort, kniete sich hin und übergab sich geräuschvoll. Es war ihm in diesem Moment egal, was die beiden Männer von ihm denken mochten.

Er spürte, wie ihm eine Hand auf den Rücken klopfte. Es war Anjou, der ihm jetzt ein Stofftaschentuch reichte. Adalbert nahm es und wischte sich den Mund damit ab. Er richtete sich langsam wieder auf und sah Colonel Anjou verwundert an.

»Geht es wieder?«, fragte dieser.

»Äh ... ja, natürlich. Danke. Es geht schon wieder. Das Ganze kam nur sehr ... überraschend. Bitte entschuldigen Sie.«

»Sie müssen sich nicht entschuldigen, junger Mann, in Ihrem Alter war ich auch nicht anders.« Sein Gesicht hatte wieder den harten, bitteren Zug angenommen, der Adalbert bereits bei ihrer ersten Begegnung aufgefallen war. »Erst der Krieg hat alles verändert...«, fügte er schließlich mit leiser Stimme hinzu.

»Wenn ich vielleicht die Aufmerksamkeit der beiden Herren wieder auf meine Untersuchung lenken dürfte«, meldete sich der Professor hinter ihnen.

»Natürlich«, erwiderte Anjou und wandte sich dem Professor zu.

»Die Lunge, die unseren jungen Freund so sehr schockiert hat, dass er sich von seinem Essen getrennt hat«, er schmunzelte ein wenig, bevor er fortfuhr, »nun, in der Lunge war sowohl Blut als auch Wasser, woraus man ohne Zweifel schließen kann, dass der arme Capitaine ertränkt wurde.«

Er legte das Organ wieder in die Schale, der er es entnommen hatte.

»Der Schnitt in der Kehle ist ähnlich tief wie bei den ersten beiden Opfern und genauso glatt, weshalb ich vermuten würde, dass es sich bei dem Mordwerkzeug um ein und dieselbe Waffe gehandelt hat. Mit Sicherheit ein sehr scharfes Messer und auch ziemlich lang, wahrscheinlich mehr als zwanzig Zentimeter.«

Anjou nickte. »Keine weiteren Hinweise auf den Täter?«

»Nein, lediglich, dass auch in diesem Fall ein Rechtshänder am Werk gewesen ist. Ob es tatsächlich derselbe Täter war, lässt sich aber nicht sagen.« Professor von Hohenstetten zuckte entschuldigend mit den Schultern. »Ansonsten habe ich leider keine neuen Erkenntnisse.«

Anjou hob eine Hand. »Sie haben uns sehr geholfen,

Professor.« Anjou wandte sich Adalbert zu. »Vielleicht hat mein junger Kollege ja etwas Neues herausgefunden?«

Adalbert war froh, etwas sagen zu können. Also berichtete er, wie seine Hausbefragungen am Plan verlaufen waren. Es kostete ihn einige Überwindung, die Meinungsäußerungen der beiden Männer wortgetreu wiederzugeben. Er sah, wie sich Anjous Miene verfinsterte, sprach aber dennoch tapfer weiter.

»Ich ahne, was in Ihnen vorgeht, Colonel Anjou«, sagte Professor von Hohenstetten, als Adalbert geendet hatte. Er hatte ebenfalls die Reaktion des Colonels beobachtet. »Aber die Haltung dieser Zeugen ist nicht die Meinung aller Deutschen. Ich bin sogar so kühn zu behaupten, dass die Mehrheit anders denkt. Die besetzten Gebiete des Rheinlandes sind durchaus nicht repräsentativ für das Land. Ich bitte Sie zu bedenken, dass nicht wenige die Schuld an ihrem Leid auch dem Kaiser oder der unseligen Bündnispolitik geben, die dazu führte, dass 1914 ein Land nach dem anderen in den Krieg einfiel, der unseren Kontinent überzogen hat. Es gab auch in Deutschland viele Gegner dieses Krieges, und es ist sicherlich müßig, heute, zehn Jahre danach, mit Schuldzuweisungen zu versuchen, die Verantwortlichen ausfindig zu machen. Dieser Krieg hat viel Leid über die Menschen in allen beteiligten Ländern gebracht, und ich sehe es als unsere vorrangige Pflicht an, dafür zu sorgen, dass es der letzte Krieg war. Bitte verdammen Sie nicht alle Deutschen.«

Adalbert hatte verblüfft zugehört. Es war eine kühne Rede gewesen, vor allem einem hochrangigen Offizier der

Besatzungsmacht gegenüber. Adalbert war sehr beeindruckt, zumal er eine ähnliche Ansicht vertrat. Aber er hätte nie gewagt, diese Ansicht einem Franzosen gegenüber zu äußern. Jetzt sah er gespannt zu Anjou. Er fragte sich, wie dieser reagieren würde.

Anjou schwieg eine Weile und sah nachdenklich vor sich hin. Als er schließlich aufblickte, lag zu Adalberts Überraschung ein Lächeln auf seinen Lippen. Anjou griff in seine Uniformjacke und zog eine bereits gerollte Zigarette hervor, zündete sie bedächtig an und nahm einen tiefen Zug.

»Ich respektiere Ihre Ansicht, Herr Professor, und ich denke, unser junger Mann hier teilt sie.«

Er zog erneut an der Zigarette und blies den Rauch langsam aus, bevor er fortfuhr.

»Ich war Zeit meines Lebens ein Verfechter der Grundsätze unseres Volkes seit der großen Revolution: Freiheit, Gleichheit, Brüderlichkeit. Deshalb weiß ich auch Ihre Ehrlichkeit zu schätzen. Was Sie sagen, mag stimmen. Ich möchte mich dazu gar nicht im Detail äußern. Ich möchte nur so viel sagen: Sie beide sind die ersten beiden Deutschen, mit denen es mir möglich zu sein scheint zusammenzuarbeiten.«

Er hob abwehrend eine Hand, als Adalbert etwas sagen wollte.

»Nein, lassen Sie mich ausreden. Ich glaube Ihnen, dass Sie es ehrlich meinen, und ich … habe Vertrauen zu Ihnen und in Ihre Arbeit. Das muss für den Moment genügen. Also glauben Sie mir, dass ich nicht alle Deutschen über einen Kamm schere, sondern sehr wohl in der Lage bin, Unterschiede zu erkennen und auch gelten zu lassen.«

Er drehte sich um und schickte sich an, den Raum zu verlassen. Bei der Tür drehte er sich noch einmal um.

»Kommen Sie, Adalbert, wir haben noch viel zu tun.«

Mit Erstaunen registrierte Adalbert, dass der Colonel ihn erstmals beim Vornamen genannt hatte.

10

»Du wirst nicht glauben, was heute passiert ist!«

»Aber du weißt auch, dass ich dir alles glaube, was du mir erzählst, *chéri*.«

»Entschuldige, Babette, es war nur so eine Floskel. Selbstverständlich weiß ich, dass du mir glaubst.«

Er strich ihr zärtlich mit dem Handrücken über die Wange. Dann beugte er sich zu ihr vor. Seine Lippen näherten sich ihrem Mund ... bis sich plötzlich ihre Hand dazwischenschob.

»*Non, non, non, chéri*, so geht das nicht. Du kannst eine Frau nicht erst neugierig machen und dann versuchen, sie durch Liebkosungen wieder vom Thema abzulenken.«

Obwohl ihr Ton ernst war, lachten ihre Augen. Sie schob ihn mit der flachen Hand auf seiner haarlosen Brust von sich und legte sich in seinem Bett auf die Seite. Sie stützte ihren Kopf auf die Hand und legte die andere auf die Hüfte. Lediglich der untere Teil ihrer Beine war von dem dünnen Laken bedeckt, sodass er ihren nackten Körper, den sie ohne jede Scham zeigte, mit großen Augen bewundern konnte. Der Anblick erinnerte Adalbert an ein Bild, das er in einem Museum gesehen hatte. Auf diesem Bild hatte eine wunderschöne nackte Frau in ähnlicher Position gelegen, und er hatte als Junge staunend davorgestanden und sich gefragt, ob er im wirklichen Leben jemals etwas so Schönes zu Gesicht bekommen würde. Wie hieß der Maler noch gleich? Ein Franzose, natürlich ... Jetzt fiel es ihm wieder ein, Delacroix, Eugène Delacroix.

»Woran denkst du, *chéri*? Du siehst so besorgt aus?«, unterbrach ihre sanfte und gleichzeitig melodische Stimme seine Gedanken.

»Nein, im Gegenteil«, lachte er auf, »ich musste nur gerade an ein Gemälde von Delacroix denken, als ich dich betrachtet habe. Seine Muse lag ganz ähnlich vor ihm wie du jetzt vor mir, allerdings mit dem Rücken zum Künstler.«

Ihre Augen wurden groß, und er konnte fast sehen, wie ihre Gedanken rasten. Dann verfinsterte sich ihr Blick.

»Wenn du das Bild meinst, das ich gerade vor Augen habe, dann muss ich sehr böse mit dir sein. Diese Frau, mit der du mich da vergleichst, ist fett. Bin ich fett? Sehe ich so in deinen Augen aus? Warum sagst du mir nicht, dass du mich für zu fett hältst? Ich ...«

Lachend warf er sich über sie und bedeckte ihren ganzen Körper mit seinen Küssen. Er kitzelte sie, bis sie um Gnade flehte. Schließlich fand sein Mund den ihren, und er küsste sie mit einem so heißen Verlangen, dass er spürte, wie sie erneut erregt wurde. Die Leidenschaft übermannte sie beide, und sie gaben sich ihr ohne zu zögern hin.

Als Adalbert sich wenig später auf sein Kissen zurücksinken ließ, gab er sich der wohligen Erschöpfung hin. Er musste daran denken, wie glücklich er war. Noch vor Kurzem hatte er keinerlei Erfahrung mit dem anderen Geschlecht, und jetzt lag er hier, im Bett, mit einer wunderschönen Frau. Und auch beruflich war so viel geschehen. Er ermittelte in seinem ersten Fall. Und was für einem!

Er setzte sich auf und lehnte sich an das Kopfteil des Bettes.

Babette legte ihren Kopf auf seine Brust. Sie sah zu ihm auf, schien seine Gedanken zu lesen.

»Du wolltest mir doch etwas berichten, *chéri*, was dir heute passiert ist. Was ist so Unglaubliches geschehen?«

Adalbert nickte und überlegte, wie viel er ihr sagen durfte. Aber er wollte sie unbedingt teilhaben lassen an seinen Erfahrungen.

»Du weißt doch, dass ich an den Fällen der ermordeten französischen Soldaten bei den Ermittlungen helfe.«

Babette nickte nur und schaute ihn gespannt an.

»Dieser französische Offizier ... nun, wie soll ich sagen? Der Mann war bisher sehr deutschfeindlich eingestellt und hat mich das auch spüren lassen, aber heute hat er mich zum ersten Mal beim Vornamen genannt, und ich glaube, er hat mich inzwischen als Kollegen akzeptiert.«

»Wundert dich das? Wie sollte es anders ein, bei einem so netten jungen Mann, der noch dazu so gut Französisch spricht. Wenn er deine anderen Qualitäten kennen würde, wäre er vermutlich voll der Bewunderung«, sagte sie neckend und kniff ihn in eine Brustwarze.

Lachend wehrte er sie ab.

»Nein, ernsthaft. Ich bin sehr beeindruckt von diesem Mann. Vielleicht kannst du ihn mal kennenlernen«

Babettes Lächeln gefror, und Adalbert fragte sich, ob er etwas Falsches gesagt hatte. Babette schien seine Verunsicherung zu bemerken.

»Versteh mich nicht falsch, aber ich glaube, das ist keine so gute Idee. Ich habe ein etwas gestörtes Verhältnis zu Offizieren.«

Nun war Adalberts Neugierde geweckt. »Wieso? Hast du schlechte Erfahrungen mit ihnen gemacht?«

Noch während er die Frage aussprach, bemerkte er, dass er einen Schritt zu weit gegangen war. Wenn sie es ihm hätte erzählen wollen, hätte sie es von sich aus getan. Eilig fügte er an: »Aber du musst mir das nicht erzählen. Das ist ganz allein deine Sache, und wenn du es mir eines Tages erzählen willst, wirst du es sicherlich tun.«

Ihr dankbarer Blick zeigte ihm, dass er die richtigen Worte gefunden hatte. Erleichtert beugte er sich zu ihr und küsste sie. Er nahm sich vor, seine Geliebte in nächster Zeit nicht mehr mit Erzählungen von seiner Arbeit oder den grauslichen Taten zu belasten. Die Zeiten waren schwer genug. Er wollte das Leben und die freie Zeit, die ihm neben der Arbeit blieb, so gut es ging mit ihr genießen.

11

»Aber das ist eine Katastrophe«, schrie General Betancourt und schlug mit der Faust auf seinen Schreibtisch.

Didier verzog keine Miene. Er hatte mit einer solchen Reaktion gerechnet. Der neuerliche Mord und die Tatsache, dass er noch keinen einzigen Hinweis auf einen möglichen Täter hatte, war wahrlich eine Katastrophe. Verständlich, dass der General außer sich war. Er trug die Verantwortung für die französischen Soldaten im Raum Coblenz, und nun waren schon drei seiner Leute auf die abscheulichste Weise ermordet worden. Er, Didier Anjou, der große Ermittler, sollte dafür sorgen, dass das aufhörte. Genau dafür hatte der General ihn nach Coblenz geholt. Und was hatte er vorzuweisen? Nichts.

»Gibt es denn keinerlei Hinweise darauf, ob die Getöteten mit irgendwelchen Kameraden Streit hatten? Hatten sie vielleicht Spielschulden? Gibt es irgendwelche Gemeinsamkeiten? Didier, so rede doch. Es muss doch etwas geben!«

Didier schüttelte den Kopf. »Ich habe einige Caporals darauf angesetzt, bei der Truppe herauszufinden, ob es doch irgendwelche Streitigkeiten mit den Opfern gab. Oder es vielleicht zu illegalen Handlungen gekommen ist. Spielschulden scheinen mir als Motiv nicht sehr wahrscheinlich angesichts der auffällig grausamen Art, mit der der Mörder seine Opfer zurichtet. Ich dachte eher an den Verkauf von Gütern an Deutsche oder etwas in der Art. Aber wenn ich ehrlich bin ... ich glaube nicht daran. Die Art der Ausführung der Taten lässt auf einen unbändigen Hass schließen.«

Er holte tief Luft, bevor er fortfuhr.

»Ich bin nach wie vor der Überzeugung, dass es die Deutschen sind, die dahinterstecken. Dafür spricht auch die Gruppe von vermummten Gestalten, die von der Patrouille am Brunnen auf dem Plan angetroffen wurde. Ich bin mir sicher, dass es sich um eine Falle gehandelt hat. Die in verschiedene Richtungen flüchtenden Männer teilen die Gruppe auf, und es bleibt nur der kommandierende Offizier allein zurück. Ein leichtes Opfer für einen zu allem entschlossenen Mann, der darauf aus ist, einen Franzosen zu töten.«

Betancourt runzelte zweifelnd die Stirn. Doch dann nickte er. »Mag sein, dass du recht hast. Umso wichtiger ist es, dass wir endlich handgreifliche Ergebnisse vorweisen können! Wie steht es um die Zusammenarbeit mit den Deutschen?« Betancourt sah Didier mit einem leicht spöttischen Gesichtsausdruck an. »Hast du noch keinen Grund gefunden, sie standrechtlich erschießen zu lassen? Ich habe mich schon gewundert, dass bis jetzt noch keine Beschwerden bei mir eingegangen sind.«

Anjou war froh, dass seinen Freund und Vorgesetzten offensichtlich die Spötterlaune noch nicht ganz verlassen hatte. Doch eine Antwort fiel ihm, Didier, nicht leicht. Er war mit sich selbst noch nicht im Reinen. Wie sollte er seine ambivalenten Gefühle zu diesen Deutschen beschreiben?

Er suchte noch immer nach Worten, als ein Ausruf Betancourts ihn aus seinen Gedanken riss: »Nein, ich kann es ja nicht glauben. Du magst die beiden!«

Der General blickte ihn überrascht an. »Wer hätte das gedacht! Nun, dann gibt es ja doch ein positives Ergebnis zu vermelden.« Er lachte laut auf.

Anjou wand sich auf seinem Stuhl. Betancourts Reaktion war ihm unangenehm.

»Interpretiere nicht zu viel hinein, Alphonse«, sagte er schließlich. »Ich gebe allerdings zu, dass ich mich mit der notgedrungenen Zusammenarbeit abgefunden habe und speziell diese beiden nicht so unangenehme Zeitgenossen sind wie die meisten Deutschen.«

Um zu untermauern, dass es keinen Grund zu übertriebenem Optimismus gab, berichtete er dem General, was Adalbert Wicker bei seiner Befragung der Bewohner am Plan zu hören bekommen hatte. Es befriedigte ihn zu sehen, wie Betancourts Kiefer zu mahlen begannen, als er die franzosenfeindlichen Sprüche wiedergab.

Als Didier fertig war, nickte Betancourt.

»Ich verstehe. Ich gebe zu, dass einiges für deine Theorie einer deutschen Widerstandsgruppe spricht, aber es ist eben nur eine Theorie. Wir haben keinerlei Beweise. Also ... finde Beweise, und wir sehen weiter. Auf jeden Fall darf es keinen vierten Mord geben.«

12

An diesem Abend entschied sich Adalbert dazu, eine nun schon lange vernachlässigte Pflicht nachzuholen.

Seit seiner Ankunft in Coblenz hatte er sich in unregelmäßigen Abständen im Wirtshaus Alt Coblenz am Plan mit alten Freunden und Schulkameraden getroffen. Das Ende des 18. Jahrhunderts errichtete Haus mit seinem Weinkeller, der gleichzeitig als Schankraum diente, war stets gut besucht. Als Adalbert das Lokal gegen acht Uhr betrat, war er sich aber nicht sicher, ob an diesem Abend viele Gäste da sein würden. Schließlich hatte in unmittelbarer Nähe ein grausamer Mord stattgefunden. Aber schon als er die Stufen hinab in den Gewölbekeller ging, machte ihm der Lärm klar, dass seine Vermutung falsch war, der Mord an einem Franzosen könnte den Leuten die Feierlaune verderben.

Er kämpfte sich durch die Menge überwiegend jüngerer Leute in den Schankraum und blickte sich suchend um. Ja, da war er! Sein alter Freund aus Schulzeittagen, Otto von Karlshagen. Er hatte sich gerade erhoben und sprach mit einem gefüllten Bierglas in der Hand einen Toast aus. Die um ihn herum sitzenden jungen Männer prosteten ihm zu und grölten. Otto war eine imposante

Erscheinung: hellblond und von hünenhafter, athletischer Gestalt. Als er den Blick jetzt schweifen ließ, erkannte er Adalbert. Seine Miene erstrahlte. Er winkte Adalbert zu sich und sagte etwas zu den ihn umgebenden Männern. Noch bevor er den Tisch erreicht hatte, war neben Otto ein Stuhl frei geworden, auf dem er Platz nehmen konnte.

Otto von Karlshagen legte einen kräftigen Arm auf seine Schulter. »Mensch Adalbert, lange nicht gesehen.«

Adalbert sah seinen Freund fragend an. »Mein lieber Otto, an mir hat es nicht gelegen. Wo warst du die letzten Monate? Ich habe dich vermisst, aber keiner wollte mir sagen, wo du abgeblieben bist.«

Otto lächelte ihn verschmitzt an. »Gedulde dich ein wenig, dann werde ich dir alles erzählen, was du wissen willst. Aber jetzt bestellen wir dir erst was zu trinken. Ein Bier?«

»Nein, einen Wein, bitte.«

»Ein richtiger deutscher Mann trinkt Bier, mein Lieber«, rief Otto aus. »Aber was soll's, du sollst deinen Wein bekommen.«

Er winkte eine Kellnerin heran.

»Bitte einen Wein für meinen Freund Adalbert.«

»Was darf's sein?«, fragte die Kellnerin. »Müller-Thurgau, Riesling, Burgunder ...«

Adalbert wandte sich zu ihr um: »Ich hätte gerne einen Schoppen Scheurebe lieblich. Danke.«

Erst jetzt schaute er sich in der Runde der acht jungen Männer um. Er kannte zwei von ihnen. Er hatte sie bereits vor längerer Zeit als Freunde von Otto kennengelernt. Es handelte sich um Max Baron zu Hohenstein und Friedrich Becker. Max Baron zu Hohenstein, der älteste Sohn des bekannten Adelsgeschlechts, war eine stadtbekannte Erscheinung. Er sah blendend aus mit seinen schwarzen, pomadisierten Haaren, dem dünnen Oberlippenbärtchen und seiner stets exquisiten Garderobe. Wenn man den Gerüchten Glauben schenken wollte, lagen ihm die Frauen reihenweise zu Füßen. Das Äußere von Friedrich Becker stand dagegen in einem denkbar krassen Kontrast. Er war Metzgergeselle und passte auch sonst so gar nicht in die Runde. Adalbert hatte schon oft vermutet, dass der vierschrötige kleine Bursche womöglich als eine Art Leibwächter für die beiden Adligen diente.

Als er seinen Wein bekam und einen ersten Schluck trank, hatten die Anwesenden ihre Gespräche wieder aufgenommen, die sie bei seiner Ankunft unterbrochen hatten – wenn man es denn Gespräche nennen konnte. Die Männer hatten offensichtlich schon reichlich Bier intus. Sie grölten, rissen zotige Witze und schlugen sich immer wieder gegenseitig auf die Schulter. Und wie immer in solchen Runden ging es auch um Politik. Adalbert hörte Sprüche wie: »Es geht wieder aufwärts mit Deutschland!« Einer erhob sein Glas und rief: »Auf das Ende der Besetzung!« Ein anderer: »Tod den Franzmännern!«

Otto hatte sich eine Weile an den allgemeinen Gesprächen beteiligt. Jetzt legte er einen Arm um Adalberts Schultern und beugte sich zu ihm vor. »Und du?«, rief er laut. »Endlich fertig mit der Ausbildung? Bist jetzt ein richtiger Herr Kommissar, was?«

Adalbert sah sich unsicher in der Runde um. Er beschloss, sich bedeckt zu halten. »Ja. Und seit vier Monaten bin ich fest in Coblenz.« Er sah Otto fragend an. »Aber was hast du in der Zeit gemacht? Wo hast du gesteckt?«

Otto von Karlshagen grinste ihn an. »Es ist viel passiert, Adalbert«, begann er. »Ich war in München. Ich nehme an, du hast von den Ereignissen dort gehört.«

Adalbert war für einen Moment verwirrt. Meinte Otto den Putschversuch dieses verrückten Österreichers, Adolf Hitler? Aber dieser Hitler war festgenommen worden und, wenn er sich richtig erinnerte, im Februar diesen Jahres zu mehrjähriger Festungshaft verurteilt worden. Seine Partei, die Nationalsozialistische Deutsche Arbeiterpartei, war von Reichspräsident Friedrich Ebert verboten worden. Von anderen großen Vorkommnissen dort wusste Adalbert nichts.

»Was meinst du, Otto?«

Sein Schulfreund blickte sich verschwörerisch um, bevor er weitersprach.

»Du hast doch sicherlich von dem heldenhaften Aufstand im letzten Jahr in München gehört, der lediglich durch den Verrat von einigen Regierungstreuen gescheitert ist. Das war eine Aktion, das kann ich dir sagen! Mit viertausend Mann sind wir marschiert. Das war ein Gefühl ... unbeschreiblich! Aber wir sind niederträchtig verraten worden. Deshalb habe ich dann leider einen kleinen Urlaub von drei Monaten machen müssen.«

Adalbert sah ihn verständnislos an. Er begriff beim besten Willen nicht, wovon Otto sprach.

»Nun sieh mich nicht so an. Ich musste eine kurze Haftstrafe absitzen.« Als Adalbert bestürzt die Augen aufriss, machte Otto eine wegwerfende Handbewegung. »Halb so schlimm. So was härtet ab. Wir müssen alle Opfer bringen für die gute Sache, du verstehst?« Er trank einen Schluck Bier, bevor er fortfuhr. »Die Partei ist zwar im Moment noch verboten, aber ich weiß aus sicherer Quelle, dass unser Parteiführer Adolf Hitler bald vorzeitig aus der Festungshaft entlassen wird. Dann steht einer Neugründung der Partei nichts mehr im Wege. Und beim nächsten Mal werden wir es besser machen, und dann gnade Gott all den Verrätern am deutschen Volke, die es zulassen, dass Ausländer über unser Schicksal bestimmen.«

Inzwischen waren die anderen am Tisch auf die Unterhaltung aufmerksam geworden und stimmten in die Parolen von Otto ein.

»Jawoll, nieder mit den Besatzern und allen Fremdländern in unserem guten Deutschland!« »Rache für den Knebelvertrag von Versailles!« »Tod den französischen Besatzern! Jagen wir sie aus dem Land!« »Machen wir der Schmach ein Ende!«

Otto nickte. »Das ist die richtige Einstellung!« Er stand auf, sah in die Runde. »Kameraden, wollen wir noch länger unter der Knute der Besatzer des Rheinlandes leiden?«

»Nein!«, erscholl es unisono aus den Mündern der Männer.

»Wollen wir noch länger mit ansehen, wie wir in unserem eigenen Land gemaßregelt werden?«

»Nein!«

»Wie lange wollen wir noch die schwarze Schmach mit ansehen?«

Adalbert blickte sich fassungslos um. Die Männer hingen an Ottos Lippen. Bei den letzten Worten – die Adalbert nicht recht begriff – stießen sie förmlich ein Wutgeheul aus. »Tod den Franzmännern!«, wurde wieder gerufen.

Inzwischen waren alle aufgesprungen und prosteten sich gegenseitig zu.

Adalbert verstand die Welt nicht mehr. Während der Zeit auf der Polizeischule hatte er von den innenpolitischen Wirren nur wenig mitbekommen. Er hatte fleißig für seine Abschlussprüfung gelernt, um ein möglichst guter Kommissar zu werden. Das war vielleicht ein Fehler gewesen. Immerhin begriff er, dass diese Gruppe junger Männer offensichtlich Gefolgsleute der verbotenen NSDAP waren und hinter deren inhaftiertem Anführer, Adolf Hitler, standen. Die Vernunft sagte ihm, dass er sich mit diesen Männern besser nicht auf Diskussionen einließ. Er zog daher angelegentlich seine Taschenuhr aus der Weste, blickte darauf und machte ein erstauntes Gesicht.

»Schon so spät! Es tut mir leid, Otto, aber ich habe noch einen Termin auf der Dienststelle.« Er steckte seine Uhr ein und schob seinen Stuhl zurück. »Ich komme in den nächsten Tagen mal wieder vorbei.«

Ohne eine Antwort seines misstrauisch schauenden

Schulfreundes abzuwarten, verließ er fluchtartig den Weinkeller. Es war noch nicht zehn, als er durch die Eingangstür des Wirtshauses auf den Plan trat und die milde Spätsommerluft gierig in seine Lunge zog.

Was war da gerade passiert? Wieso hatte er keine Ahnung gehabt, dass sein alter Freund sich inzwischen in einen Anhänger dieses Hitler verwandelt hatte?

Er schüttelte den Kopf. Es war offensichtlich viel geschehen – nicht nur in München, sondern auch hier in Coblenz. Die Menschen hatten sich geändert. Adalbert verspürte das dringende Bedürfnis mit jemandem darüber zu reden. Aber wen könnte er in dieser Sache befragen? Er kannte außer seinen alten Freunden aus der Eifel kaum jemanden in Coblenz, an wen sollte er sich also wenden? Seinen Vorgesetzten, Kriminalrat Weidung, konnte er mit solchen Dingen wohl kaum behelligen, und der französische Colonel schied von vorn herein aus.

Eigentlich blieb ihm nur eine Möglichkeit, und je länger er darüber nachdachte, umso sympathischer erschien ihm diese Lösung. Mit etwas leichterem Herzen machte er sich auf den Heimweg.

13

Die vermummte Gestalt schlich dicht an einer der hohen, aus großen Steinquadern bestehenden Mauer entlang. In der Dunkelheit hob sich der große Mann aufgrund des dunklen Mantels und der tief über das Gesicht gezogenen Kapuze kaum von der unbeleuchteten Wand ab.

Er hatte sich entschieden, in dieser Nacht allein auf die Jagd zu gehen. Eine Gruppe wäre in der Höhle des Löwen eher aufgefallen, und alleine war es auch wesentlich leichter, sich vor patrouillierenden Wachen zu verstecken oder ihnen aus dem Weg zu gehen. Das Risiko war dennoch größer als in der Stadt, aber er kannte die Festung recht gut. Die Gefahr, in der er hier inmitten des Feindes schwebte, war ihm egal. Und wenn es ihn sein Leben kosten würde – das Einzige, was zählte, war die Rache. Die Rache an den verhassten Franzosen, die ihn und sein Volk leiden ließen, rücksichtslos und unerbittlich ... Sie hatten alle den Tod verdient. Ihm und seinen Gefolgsleuten war es auch egal, ob es sich um Offiziere oder Mannschaftsdienstgrade handelte, Hauptsache ein Franzose.

Er duckte sich hinter einen Mauervorsprung, als er die Stimmen von zwei Wachen hörte, die mit geschulterten Gewehren laut plaudernd an ihm vorbeigingen. Sie ahnten nichts von der Gefahr, in der sie sich befanden. Er war sich sicher, dass er auch mit zweien dieser schwächlichen Jünglinge fertigwerden würde. Aber er müsste befürchten, dass einer von ihnen schreien oder womöglich einen Schuss abfeuern könnte. Dann hätte er die ganze Garnison an seinen Fersen, und viele Hunde waren bekanntlich des Hasen Tod.

Aber eine seiner größten Tugenden war Geduld. Er wusste, dass die beste Zeit zwischen drei und vier Uhr nachts war. Kurz vor dem Schichtwechsel, am Ende einer ermüdenden Wache. Auch diesmal musste er sich wieder gedulden. Aber kurz nach drei Uhr war es endlich so weit.

Die zwei Wachen kamen zurück. Sie waren offensichtlich müde und unterhielten sich nicht mehr, denn irgendwann gingen wohl auch den geschwätzigen Franzosen die Themen aus. Gerade als sie auf seiner Höhe waren, blieb einer der beiden stehen.

»Geh schon voraus, ich muss mal pinkeln«, sagte er zu seinem Kameraden auf Französisch.

Der Angesprochene ging ein paar Schritte weiter, blieb dann aber stehen, um sich eine Zigarette anzuzünden. In der Zwischenzeit hatte der andere kehrtgemacht und war hinter einen Busch getreten.

Der Vermummte wartete, bis der Mann mit der Zigarette ein Zündholz anzündete, wodurch er sich selbst blendete. Dann glitt er aus seinem Versteck hervor und eilte zu dem Gebüsch. Er sah den Soldaten, der den Kopf in den Nacken gelegt hatte und sich gerade genüsslich erleichterte.

Lautlos näherte er sich dem Nichtsahnenden von hinten. Als er unmittelbar hinter ihm stand, presste er ihm die linke Hand auf den Mund und zog gleichzeitig das extrem scharfe Messer mit der Rechten quer über den Hals.

Der Körper des Soldaten zuckte ein paarmal unkontrolliert, bevor er erschlaffte. Er hatte keinen Laut von sich gegeben.

Als der Vermummte sicher war, dass alles Leben aus dem Mann gewichen war, ließ er den Körper langsam zu Boden gleiten. Mit einem kurzen Blick vergewisserte er sich, dass der andere Wachsoldat nichts mitbekommen hatte. Dann wandte er sich um und verschwand in der Dunkelheit.

14

An Tagen wie diesen wünschte sich Didier Anjou, er wäre nie Polizist geworden. Er stand mit verkniffenem Gesichtsausdruck, mahlenden Kiefern und geballten Fäusten in einer Ecke des Sektionsraumes und schaute aus der Ferne zu, wie Professor von Hohenstetten den Leichnam des jungen Paul Dutroux obduzierte. Er hatte keine Lust, sich mit dem Deutschen zu unterhalten, und wollte lediglich abwarten, bis dieser zum Ende gekommen war und ihm die Ergebnisse mitteilen würde.

Der Mörder hatte wieder zugeschlagen, gnadenlos, mitleidlos. Dutroux war das bislang jüngste Opfer. Er war siebzehn Jahr alt und erst seit wenigen Monaten bei der Armee. Wie grausam und unmenschlich konnte man sein? Didiers Hass auf alle Deutschen war wieder so lebhaft wie am ersten Tag. Welcher Teufel hatte ihn nur geritten, sich bereit zu erklären, mit diesen Deutschen auch noch zusammenzuarbeiten! Er hätte am liebsten Betancourt gebeten, wenigstens diesen deutschen Kindskopf wieder fortzuschicken. Doch er wusste, dass er nicht in der Position war, Forderungen zu stellen. Nicht, so lange er nicht endlich Erfolg versprechende Ermittlungsergebnisse vorweisen konnte.

Didier brütete missmutig vor sich hin, als plötzlich die Tür aufgestoßen wurde und mit lautem Knall gegen die Wand flog. Dann betrat ein abgehetzt wirkender Adalbert Wicker den Raum, keuchend und mit hochrotem Kopf.

»Oh, bitte entschuldigen Sie, ich war wohl etwas stürmisch. Leider bin ich viel zu spät über den neuerlichen Vorfall unterrichtet worden. Habe ich etwas verpasst?«

»Nein«, knurrte Didier kurz angebunden. »Setzen Sie sich, und warten Sie ab, bis der Professor fertig ist.«

Der junge Deutsche sah sich suchend um. Es gab nur einen Stuhl an der entfernten Wand. Zu dem ging er und setzte sich wie ein folgsamer Schüler.

Der Professor hatte seine Arbeit unterbrochen und die Szene zwischen den beiden Polizisten beobachtet. Er schüttelte leicht den Kopf, als er sich schließlich wieder der Leiche auf dem Seziertisch zuwandte.

Erneut herrschte Stille in dem kalten Raum, die nur unterbrochen wurde durch das Klappern der Instrumente des Rechtsmediziners und den unangenehm schmatzenden Geräuschen, wenn der Professor Körperteile aus der Bauchhöhle des Toten entfernte.

Schließlich warf der Professor seine Instrumente in eine Schüssel und zog die Gummihandschuhe aus. Offensichtlich war die Obduktion beendet. Anjou trat näher, und auch Wicker erhob sich von seinem Stuhl.

»Der junge Mann wurde auf die gleiche Weise ermordet wie die anderen Opfer. Sowohl die Methode als auch die Waffe stimmen mit den anderen Spuren überein.«

Der Professor sah Anjou fragend an. »Sie sagten, dass das Opfer aufrecht stand, als der Angriff verübt wurde?«

Didier nickte. »So scheint es zumindest. Rekrut Dutroux war gerade dabei, Wasser zu lassen. Sein Kamerad wartete unterdessen auf ihn, etwa zehn Meter entfernt. Als Dutroux nicht zurückkam und auch auf sein Rufen nicht reagierte, ging er zurück und fand ihn am Boden liegend vor. Aber die Blutspuren an seiner Uniformjacke lassen darauf schließen, dass Dutroux angegriffen wurde, als er noch stand.«

Der Professor nickte. »Ein durchaus wichtiger Umstand, denn damit können wir jetzt die Körpergröße des Täters mit ziemlicher Genauigkeit ermitteln.«

Anjou sah ihn überrascht an. Daran hatte er noch nicht gedacht.

Adalbert Wicker hatte aufmerksam zugehört, sich unbemerkt von seinem Stuhl erhoben und war neugierig näher getreten: »Wie das«, fragte er freiheraus, und Didier warf ihm einen vorwurfsvollen Blick zu. Die Fragen stellte hier immer noch er!

Der Professor konnte ein Lächeln nicht unterdrücken. »Durch den Winkel der Schnittwunde …«

»Und?«, fragte Anjou, bevor der Professor zu langatmigen Erklärungen ansetzen konnte, »zu was für einem Ergebnis kommen Sie?«

»Nun, ausgehend von einer Körpergröße des Opfers von einem Meter neunundsiebzig und eingedenk der Tatsache, dass das Opfer beim Urinieren leicht die Beine gespreizt hat, müsste der Täter zwischen eins neunzig und eins fünfundneunzig groß gewesen sein. Also eine eher auffällige Erscheinung.«

Didier nickte nachdenklich.

Wicker öffnete den Mund, offensichtlich hatte er noch weitere Fragen an den Professor. Didier ließ ihn nicht zu Wort kommen.

»Wenn das alles ist, Herr Professor ...«, sagte er und wandte sich zum Gehen.

Er war schon bei der Tür, als er bemerkte, dass Adalbert noch immer beim Seziertisch stand und nachdenklich vor sich hin sah.

»Worauf warten Sie, junger Mann«, rief Didier. »Wir haben wichtige Dinge zu besprechen.«

Eine halbe Stunde später saßen sie in der Offiziersmesse. Didier hatte ein Glas Rotwein vor sich stehen, Adalbert ein Glas Wasser. Der junge Deutsche hatte bei dem Mann hinter dem Tresen zunächst einen »vin blanc doux« bestellt. Doch dieser hatte nur verächtlich gegrunzt, offensichtlich angewidert von dem sonderbaren Wunsch und wohl auch aus prinzipieller Abneigung gegen Deutsche. Schließlich hatte er Wicker ein Glas Wasser gebracht. Und dies trank der junge Deutsche jetzt so langsam und genüsslich, als handle es sich um einen guten Wein, was Anjou eine gewisse Bewunderung abrang. Er spürte, wie er unwillkürlich versöhnlicher gestimmt wurde.

»Nun gut, kommen wir zur Sache. Ich habe eine recht klare Vorstellung davon, worin die Ursache all dieser schrecklichen Morde liegt. Lassen Sie uns gemeinsam darüber nachdenken, wie wir damit umgehen können. Es ist wohl inzwischen klar, dass wir es mit politisch motivierten Taten zu tun haben. Außerdem haben wir jetzt eine ungefähre Größenangabe des Täters, wenn wir davon ausgehen, dass alle Morde von ein und demselben Mann ausgeführt wurden. Ich erwarte, dass Sie sich unters Volk mischen und herausfinden, wer verrückt genug ist, sich mit den französischen Truppen anzulegen. Es wird viele Sympathisanten geben, sicherlich wird viel geredet. Hören Sie sich um! Halten Sie die Augen offen!«

Anjou blickte den Deutschen auffordernd an, doch der sah nachdenklich vor sich auf den Tisch.

»Was ist?«, fragte Didier ungeduldig. »Woran denken Sie?«

Adalbert räusperte sich nervös, bevor er zu einer Antwort ansetzte. »Sie werden es nicht gerne hören, Colonel Anjou, aber angesichts des Umstandes, dass das letzte Opfer innerhalb der Mauern der Festung getötet wurde...« Er zögerte, bevor er fortfuhr: »Nun, sollten wir da nicht überlegen, ob der oder die Täter vielleicht doch unter den französischen Soldaten zu finden sein könnten.«

Didier schlug mit der Hand auf den Tisch, sodass sich alle anderen Gäste zu ihnen umdrehten. Der Colonel bemühte sich, ruhig zu bleiben, als er sagte: »Völlig absurd! Reden Sie doch nicht solch einen Unsinn! Hier hat es irgendeine Gruppe von Widerständlern auf die französische Armee abgesehen. Kein anständiger Franzose würde es wagen, derartige feige Anschläge auf Truppenangehörige zu verüben.»

Wicker schien von Didiers heftiger Reaktion eingeschüchtert, wagte aber dennoch zu widersprechen. »Nun, wie Sie schon sagten, Colonel, kein anständiger Franzose. Aber wie sieht es mit den nicht ganz so anständigen aus. Sie wollen doch nicht behaupten, dass es nicht auch in der französischen Armee den einen oder anderen faulen Apfel gibt.«

Didier war außer sich. Er beugte sich vor und stieß mit dem Zeigefinger in Wickers Richtung: »Monsieur, Sie gehen zu weit! Noch ein weiteres Wort in dieser Richtung, und ich werde über disziplinarische Maßnahmen nachdenken. Ist das klar?«

Es war zwar nur eine leere Drohung, aber befriedigt stellte er fest, dass Wicker tatsächlich ein wenig blass geworden war.

»Ich bitte um Verzeihung, sollte ich Sie gekränkt oder beleidigt haben, Colonel Anjou. Nichts lag mir ferner. Selbstverständlich werde ich mich in den einschlägigen Kreisen von Widerständlern oder Reichstreuen umhören und gleichzeitig nach einer Person Ausschau halten, die der Täterbeschreibung nahekommt.«

Wicker zögerte einen Moment, bevor er fragte: »Darf ich mich entfernen, oder haben Sie noch einen Auftrag für mich?«

Didier würdigte ihn keiner Antwort, sondern winkte nur mit dem Handrücken in Richtung Tür.

Als Wicker hastigen Schrittes davoneilte, hatte Didier das sonderbare Gefühl, dass der Deutsche ihm etwas verschwiegen haben könnte.

Wusste er mehr, als er zugeben wollte? Hatte er bereits einen Verdacht oder konkrete Hinweise, die zu dem Täter führen würden? Aber warum sollte er sie verschweigen und stattdessen die absurde Möglichkeit eines französischen Täters ansprechen?

Irgendwie wurde er nicht schlau aus dem Mann. Vielleicht lag es an dem Altersunterschied. Aber ein weiteres Problem beschäftigte ihn: Konnte er dem Deutschen wirklich trauen? Didier wusste viel zu wenig von ihm, von seiner politischen Gesinnung, seinem Privatleben und seinem Umgang. Vielleicht hatte er ja Kontakt zu genau den Leuten, die als Täter infrage kamen.

Nein, so konnte das nicht bleiben. Er musste alles über Wicker erfahren, musste ihn durchleuchten wie mit Röntgenstrahlen.

15

Adalbert ging nicht sogleich zurück zur Dienststelle, wie der Colonel glauben mochte. Stattdessen begab er sich noch einmal zum Krankenhaus, aus dem er und der Colonel gerade gekommen waren. Er musste unbedingt mit Professor von Hohenstetten sprechen. Er war der Einzige, der ihm in den Sinn gekommen war, bei dem er sich erkundigen konnte, wie er mit seinen Informationen umgehen sollte und was es mit den seltsamen Parolen auf sich hatte, die er am gestrigen Abend in dem Weinkeller gehört hatte. Jetzt, als er das Krankenhaus betrat, beschlichen ihn allerdings Zweifel. Konnte er dem Professor wirklich vertrauen? Viel wusste er nicht über ihn. Nur dass er mit einer Französin verheiratet war. Und dass er Kriegsgegner war, daraus machte der Professor auch keinen Hehl. Dennoch wusste Adalbert nicht, wie er seine Fragen aufnehmen würde. Vielleicht trat Adalbert ihm damit ja zu nahe, womöglich würde er sich bei Colonel Anjou über ihn beschweren …

Doch Adalbert beschloss, alle Bedenken beiseitezuschieben. Als er den Sezierraum erreicht hatte, straffte er sich, nahm all seinen Mut zusammen und klopfte an.

»Herein!«, erklang die warme Bassstimme des Mediziners.

Als Adalbert die schwere Stahltür öffnete, war Professor von Hohenstetten gerade dabei, die Instrumente der letzten Obduktion zu säubern. Der Leichnam des armen Kadetten lag noch immer auf dem Sektionstisch, war aber nun mit einem blutdurchtränkten Laken abgedeckt. Vermutlich würde er erst später abgeholt und an die französische Armee überstellt werden.

»Einen Augenblick, bitte, ich stehe gleich zu Ihrer Verfügung«, sagte der Professor. Erst jetzt sah er von seiner Arbeit auf. »Aaah, Sie sind es«, sagte er und lächelte freundlich. »Haben Sie etwas vergessen zu fragen, oder was verschafft mir die Ehre Ihres neuerlichen Besuchs?«

Von Hohenstetten wischte sich die Hände an einem Lappen ab und kam mit watschelnden Schritten auf ihn zu. Er betrachtete Adalbert mit ehrlicher Neugier.

»Also, junger Mann, wie kann ich Ihnen helfen?«

Die aufmunternde Art des Professors beseitigte Adalberts letzte Bedenken, also sagte er freiheraus, was er auf dem Herzen hatte.

»Verzeihen Sie, Herr Professor, wenn ich Ihre Zeit in Anspruch nehme in einer gewissermaßen privaten Angelegenheit, ich der ich gern Ihren Rat hören würde.«

Von Hohenstetten hatte die buschigen Brauen nach oben gezogen und sah ihn verwundert an. »Eine private Angelegenheit? Nun, wenn Sie meinen, dass Ihnen mein Rat von Nutzen ist – jederzeit gern. Aber lassen Sie uns doch dazu lieber in mein Büro gehen. Ich glaube, ich habe dort auch noch irgendwo eine Flasche Wein. Bei einem guten Glas redet es sich gleich viel besser.«

Die Flasche Wein entpuppte sich zu Adalberts Freude als eine Beerenauslese von der Mosel. Nachdem sie gemeinsam angestoßen und einen ersten Schluck getrunken hatten, erzählte Adalbert dem Professor, was er bei dem Treffen im Wirtshaus Alt Coblenz mit angehört hatte. Er erzählte ihm von Otto von Karlshagen, seinem alten Schulfreund, der sich als Bewunderer dieses Hitler zu erkennen gegeben hatte, und schilderte, wie am Ende alle Tischgenossen in den Ruf »Tod den Franzmännern« eingestimmt hatten.

Als Adalbert geendet hatte, nickte ihm von Hohenstetten nachdenklich mit dem Kopf zu.

»Ich verstehe Ihr Problem«, begann der Professor bedächtig. »Auf der einen Seite fühlen Sie sich Ihrem Berufsethos verpflichtet, auf der anderen Seite wollen Sie auch nicht Ihren alten Freund verraten, zumal Sie ja nicht sicher sein können, ob Ihr Verdacht wirklich begründet ist. Ihnen ist klar, dass die Franzosen angesichts der vier toten Landsleute nicht gerade zimperlich mit den Verdächtigen umgehen und alles unternehmen werden, um von ihnen ein Geständnis zu bekommen.«

Von Hohenstetten nippte an seinem Glas, bevor er fortfuhr: »Eine wirklich schwierige Entscheidung – und eine Entscheidung, die nur Sie allein treffen können. Einen allgemein verbindlichen Rat kann ich Ihnen nicht geben. Wohl aber kann ich Ihnen sagen, wie ich mich in einer ähnlichen Situation verhalten würde.«

Adalbert merkte, wie er vor Nervosität feuchte Hände bekam. »Bitte, Professor, helfen Sie mir«, sagte er. »Ich verstehe ja, dass Sie mir die Verantwortung nicht abnehmen können.«

Der Professor blickte ihn nachdenklich an und nickte dann. »Sie sind ein erstaunlich besonnener junger Mann. Gut, ich will Ihnen sagen, was ich machen würde. Freundschaft hin oder her, solche abscheulichen Verbrechen dürfen nicht ungesühnt bleiben. Ich würde daher trotz allem den Colonel von meinem Verdacht in Kenntnis setzen. Wenn Ihr Freund unschuldig ist und er nichts mit den Anschlägen zu tun hat, werden die Ermittlungen das zeigen. Es kann natürlich sein, dass darüber Ihre Freundschaft zerbricht, aber ich denke, das würde ich in Kauf nehmen.«

Adalbert nickte dankbar. Er hatte selbst zu dieser Lösung tendiert. Es hatte wohl nur noch die Bestätigung gebraucht, um sich zu der Entscheidung durchzuringen.

»Danke, Professor«, sagte er daher, »ich denke, ich werde Ihren Rat beherzigen.«

Er wollte gerade aufstehen, als ihm noch etwas einfiel. »Oh ... eine Frage hätte ich noch«, sagte er.

»Nur heraus damit, junger Mann. Fragen Sie.«

»Ich muss zu meiner Schande gestehen, dass ich mit einer bestimmten Parole, die mein Freund geäußert hat, nichts anfangen konnte. Offensichtlich ist mir auf der Polizeischule einiges entgangen. Können Sie mir vielleicht erklären, was es mit der ›schwarzen Schmach‹ auf sich hat?«

Die Miene des Professors, die gerade noch voller Freundlichkeit und Zuneigung für den jungen Mann war, wurde schlagartig ernst. Der Professor erhob sich rasch und machte deutlich, dass er das Gespräch für beendet hielt.

Adalbert erhob sich ebenfalls. »Bitte entschuldigen Sie, habe ich etwas Falsches gesagt? Ich wusste ja nicht...«, begann er.

Doch der Professor unterbrach ihn. »Nein, nein, Sie haben nichts Falsches gesagt. Aber das ist ein heikles Thema, über das ich nur sehr ungern rede – aus Gründen, die ich Ihnen vielleicht irgendwann einmal erklären werde. Besorgen Sie sich diese unselige Ausgabe des *Kladderadatsch* vom Mai 1920, dann werden Sie verstehen, worum es geht. Aber ich kann jetzt nicht weiter mit Ihnen reden. Bitte gehen Sie.«

Mit Bestürzung sah Adalbert, dass sich die Augen des Professors mit Tränen gefüllt hatten, als er jetzt die Tür öffnete, um Adalbert hinauszulassen.

Was habe ich angerichtet?, ging es Adalbert durch den Kopf. Was war so schlimm an der Frage, dass der Professor derartig die Fassung verlor? Und was hatte der Professor mit dem *Kladderadatsch* gemeint? Adalbert glaubte, sich zu erinnern, dass es sich dabei um eine Satirezeitung handelte, war sich aber nicht sicher. Den Professor fragen konnte er nicht mehr, denn der hatte ihm bereits die Tür vor der Nase zugeschlagen.

16

Sie hatte sofort gemerkt, dass mit Adalbert etwas nicht stimmte. Da Babette sich ein Zimmer mit einer Kollegin teilte, war sie wie oft in der letzten Zeit zu Adalbert in dessen Mansardenzimmer gekommen. Wie immer hatte sie ihn zur Begrüßung mit Küssen überhäuft, aber er hatte die Küsse nicht erwidert. Normalerweise war er Wachs in ihren Händen, konnte ihren Verführungskünsten keine Sekunde wiederstehen. Aber nicht so an diesem Abend. Adalbert hatte sich aufs Bett sinken lassen und blickte jetzt gedankenverloren vor sich hin.

»*Chéri*, was ist mit dir? Hast du Sorgen? Kann ich dir helfen? Sprich mit mir.«

Sie spürte, dass er mit sich rang. Offensichtlich ging es um etwas Dienstliches, und er wusste nicht, ob er sich ihr anvertrauen durfte.

Aber Babette war zu schlau, als dass sie ihn gedrängt hätte. Sie hatte schon oft an Krankenbetten bei verwundeten Soldaten gesessen, die ihr etwas erzählen wollten und es nicht über sich gebracht hatten. Ihnen war etwas Schreckliches widerfahren und sie fochten einen inneren Kampf mit sich aus, ob sie der Schwester etwas davon erzählen sollten. Sie hatte gelernt, dass es nichts brachte, zu bohren, sie wusste, dass geduldiges Abwarten mehr Aussicht auf Erfolg hatte.

»Du musst mir nichts erzählen, wenn du nicht willst. Aber du sollst wissen, dass ich jedes Geheimnis, das du mir anvertraust, für mich behalte.«

Sie setzte sich neben ihn, spürte, wie er sich ein wenig entspannte ... und dann fing er an zu reden.

»Es hat mit den Morden an den französischen Soldaten zu tun.«

Babette sah ihn erschrocken an. Die Morde machten ihr fraglos selbst schwer zu schaffen. Sie hatte fast das Gefühl, in Deutschland nicht mehr ihres Lebens sicher zu sein.

»Ich habe dir doch von dem französischen Colonel erzählt, mit dem ich zusammenarbeiten soll. Nun, wir hatten heute einen Streit. Ich habe es gewagt anzudeuten, dass es womöglich Franzosen waren, die die Morde begangen haben. Er ist sehr wütend geworden und hat mir mit disziplinarischen Maßnahmen gedroht.«

Babette spürte, wie Unruhe sie ergriff.

Um Gottes willen, Adalbert wird sich doch nicht gegen die französische Armee stellen?, ging es ihr durch den Kopf. *Wie kommt er auf diese abstruse Idee?*

Adalbert schien zu ahnen, was in ihr vorging, denn er nahm sie in den Arm.

»Keine Sorge, mein Augenstern«, sagte er und strich ihr übers Haar, »ich werde diese Vermutung dem Colonel gegenüber nicht mehr erwähnen. Aber die Sache geht mir einfach nicht aus dem Kopf. Welcher Deutsche wäre so verrückt, einen Mord innerhalb der Festung zu begehen? Warum sollte er dieses unnötige Risiko auf sich nehmen?«

Babette sah ihn fragend an: »Aber warum sollte ein Franzose seine eigenen Landsleute umbringen?«

Adalbert zuckte mit den Schultern. »Eine private Fehde, vielleicht? Aber ich gebe zu, dann müsste zwischen den Opfern irgendein Zusammenhang bestehen, und den haben wir bislang nicht gefunden. Das scheint alles keinen Sinn zu ergeben.«

Babette überlegte, ob sie ihm sagen sollte, was ihr durch den Kopf ging. Nein, es war zu beschämend, und sie wollte ihn nicht noch mehr verwirren. Stattdessen sagte sie: »Mein armer *chéri*, ich werde mich im Krankenhaus erkundigen, ob dort jemand etwas von einer Fehde unter den Franzosen weiß. Im Krankenhaus wird viel geredet, und vielleicht weiß jemand etwas.«

Er sah sie dankbar an, und sofort wurde ihr schlechtes Gewissen fast unerträglich. Sie kämpfte mit sich, ob sie ihm sagen sollte, was sie wusste ... doch sie brachte es nicht über sich. Sie würde im Krankenhaus mit ihrem Freund, dem Pfleger Gérard Neveu, sprechen. Er hatte Kontakte sowohl zu den Ärzten als auch zu sämtlichen Patienten. Wenn jemand Gerüchte mitbekam, dann er.

Aber sie schob diese Gedanken für den Moment beiseite und streichelte stattdessen zärtlich Adalberts Wange.

»Du weißt, *chéri*, dass ich dich von ganzem Herzen liebe und alles für dich tun würde.«

Sie drückte ihn an sich und spürte sofort, wie er hungrig nach Nähe, nach Wärme und Geborgenheit seine Arme enger um sie schlang. Dann küsste er sie voller Verlangen auf den Mund, und es dauerte nur wenige Sekunden, bis aus dem tröstenden Streicheln heiße Begierde wurde.

17

Er studierte die eng beschriebenen Blätter und konnte kaum fassen, was er dort las.

Nachdem er seinen Adjutanten losgeschickt hatte, bei der deutschen Ermittlungsbehörde die Personalakte von Adalbert Wicker einzusehen, die wesentlichen Punkte daraus aufzuschreiben und noch weitere Ermittlungen anzustellen, hatte er ungeduldig auf das Ergebnis gewartet. Er hatte ihm mit auf den Weg gegeben, möglichst viele Leute auch zu den privaten Verhältnissen von Wicker zu befragen: Wie er grundsätzlich zu den Franzosen stand. Wie seine politischen Ansichten waren. Wie es um seine persönlichen und auch finanziellen Verhältnisse aussah. Ob er berufliche Erfolge vorzuweisen hatte. Colonel Didier Anjou war nicht dafür bekannt, dass er seinen Untergebenen eigene Ideen zutraute oder sie mit vagen Aufträgen losschickte. Seinem Ruf gerecht werdend, hatte er dem jungen Mann jeden einzelnen Ermittlungsschritt vorgekaut und hatte ihm eine Liste mit Fragen, die er stellen sollte, und mit möglichen Reaktionen auf unterschiedliche Ergebnisse gemacht.

Er hatte sehr wohl bemerkt, dass der junge Adjutant sich einbildete, seine Ratschläge nicht nötig zu haben.

Aber davon hatte er sich nicht beirren lassen, denn er wusste aus Erfahrung, wie diffizil solche Ermittlungen waren, vor allem wenn man sich in Feindesland aufhielt.

Als der junge Offizier am frühen Abend mit dem Bericht in sein Büro kam, hatte er ihm die drei Blätter fast aus der Hand gerissen. Didier hatte sofort mit der Lektüre begonnen und nicht mehr auf seinen Adjutanten geachtet, der sich irgendwann wortlos zurückzog.

Der Junge war sehr gründlich gewesen, das musste er ihm lassen, und viele der Informationen überraschten ihn kaum.

Adalbert Wicker war am 4. April des Jahres 1901 in Daun in der Eifel geboren worden, als sechstes Kind eines kleinen Viehbauern. Er war in Daun zur Hauptschule gegangen. Schon sehr früh hatte sich die überdurchschnittliche Intelligenz des Jungen gezeigt. Er war stets Klassenbester. Durch Vermittlung eines Onkels des Jungen, der es in Coblenz zu Wohlstand gebracht hatte, wurde er auf die Oberschule in Coblenz geschickt, die er mit einem hervorragenden Zeugnis abschloss. Aber anstatt zu studieren, wie es die meisten seiner Mitschüler taten, war der Junge fest entschlossen, zur Polizei zu gehen. Nach seiner Grundausbildung versah er seinen ersten Dienst in der Eifel, wo er sich als ein gewissenhafter, mit schneller Auffassungsgabe ausgestatteter Polizist bewiesen hatte. Es war nicht verwunderlich, dass er nach Höherem strebte. Also hatte er sich zur Kriminalpolizei beworben, die Aufnahmeprüfung bestanden und am Ende der Ausbildung als Jahrgangsbester abgeschlossen. Dies hatte dazu geführt, dass er der Kriminalpolizeidienststelle in Coblenz zugewiesen worden war, wo er erst vor kurzer Zeit seinen Dienst aufgenommen hatte.

Adalbert hatte es geahnt: Die Ermittlung in den Mordfällen um die französischen Soldaten war Wickers erster Fall überhaupt. Es war eine Unverschämtheit von der deutschen Seite – bei einem derart brisanten Fall! Andererseits ... er musste sich eingestehen, dass die Französischkenntnisse des Jungen die Zusammenarbeit enorm vereinfachten und dies vielleicht auch ein Grund gewesen war, warum er ihm zugeteilt worden war.

Einerlei. Es waren andere Informationen, die Didier wesentlich interessanter erschienen. So zum Beispiel, dass Adalbert Wicker sich bereits früh in der Zentrumspartei aktiv gezeigt hatte. Allerdings hatte er die Partei bald verlassen, als dort der Widerstand gegen die französische Besetzung des Rheinlandes als großes Thema immer wieder hochgekocht wurde.

Er hatte sich daraufhin der SPD zugewandt, die einen deutlich zurückhaltenderen Ton anschlug und den Franzosen eher aufgeschlossen gegenüberstand. Es überraschte Didier, dass Wicker sich sowohl aktiv gegen alle Separatistenbestrebungen als auch gegen alle Kritiker am Versailler Vertrag geäußert hatte. Er fragte sich, ob diese Einstellung Wickers tatsächlicher Auffassung entsprach oder ob er sich vielleicht bei den Besatzern beliebt machen wollte. Immerhin hatte die französische Besatzungsmacht auch ein Wort bei der Besetzung von Posten in den Polizeibehörden der besetzten Gebiete mitzureden. War vielleicht alles nur Berechnung? Spielte der angebliche Franzosenfreund ein doppeltes Spiel? Didier war sich nicht sicher, denn eigentlich war ihm Wicker nicht unsympathisch. Traute er ihm eine solche Falschheit wirklich zu?

Er las weiter und erfuhr, dass Wicker in einem bescheidenen Mansardenzimmer im Stadtteil Coblenz-Süd, unweit des Bahnhofs wohnte, laut seinen Kollegen nicht zur Trunksucht neigte und nur sehr selten die Wirtshäuser der Altstadt besuchte. Seinen Kollegen, die ihn allerdings auch noch nicht so lange kannten, war nichts Negatives über ihn bekannt.

Seit Neuestem sollte er eine Liebschaft mit einer französischen Krankenschwester aus dem Lazarett der Franzosen haben …

Wie bitte?

Didier zuckte zusammen. Es war französischen Bediensteten strengstens untersagt, private Verhältnisse mit Deutschen einzugehen, auch den Zivilbediensteten des Lazaretts, nicht nur den Soldaten.

Allein der Gedanke war empörend. Er nahm sich vor, diese Krankenschwester einzubestellen und ihr gründlich auf den Zahn zu fühlen. Er würde ihr gehörig die Leviten lesen und …

Lautes Klopfen unterbrach seine Gedanken.

»*Entrez!*«, rief er und wischte die Papiere zur Seite.

»Bitte verzeihen Sie, *mon colonel*.« Es war der junge Adjutant. »Aber da ist ein deutscher Kommissar, der Sie dringend zu sprechen wünscht.«

Na wunderbar. Wicker hatte ein ausgesprochen gutes

Gefühl für den richtigen Zeitpunkt. Nichts war ihm lieber, als den Kommissar genau in diesem Augenblick vor die Flinte zu bekommen. Er würde ihn lehren, sich mit einer Französin einzulassen.

Wicker trat an dem Adjutanten vorbei ins Büro. Er wirkte erstmals, seit er ihn kannte, verschüchtert. Er hielt den Blick auf den Boden gerichtet, als er sich Anjous Schreibtisch näherte.

»Bitte verzeihen Sie mein unangemeldetes Erscheinen, Colonel. Aber ich habe lange mit mir gekämpft und mich letztendlich dafür entschieden, Ihnen reinen Wein bezüglich meiner bisherigen Erkenntnisse einzuschenken. Ich kann nur um Ihre Nachsicht bitten, dass ich das nicht bereits gestern getan habe, aber persönliche Bindungen und mein vermutlich in diesem Fall unangebrachtes Ehrgefühl haben mich so lange zögern lassen.«

Didier war überrascht. So überrascht, dass er alle Vorhaltungen vergaß, die er dem Jungen eben noch machen wollte, und nun nur noch neugierig auf das war, was dieser zu berichten hatte.

»Setzen Sie sich, und berichten Sie«, schnauzte er ihn an.

Wicker nahm Platz, den Blick immer noch gesenkt. Er schien sich zu sammeln. Dann blickte er auf und begann zu erzählen. Von seinem Freund aus der Jugendzeit, seinen unregelmäßigen Besuchen im Wirtshaus Alt Coblenz und speziell von dem Treffen, bei dem er erfahren hatte, in welchen Kreisen sein Freund Otto inzwischen verkehrte.

Didier wurde hellhörig. Das waren wichtige Neuigkeiten! Endlich hatten sie Kontakt zu einem Kreis von Widerständlern. Dass diese Leute sich anscheinend auch noch der verbotenen Partei der NSDAP zugehörig fühlten, vereinfachte die Sache sogar. Didier müsste noch nicht einmal mit Einwänden seitens der deutschen Behörden rechnen, denn diese Leute verstießen eindeutig gegen geltendes Recht der Weimarer Republik.

Didier war so in Gedanken versunken, dass er kaum noch zuhörte. Erst als er Wickers fragenden Blick sah, wurde ihm klar, dass dieser geendet hatte.

»Verzeihung, was sagten Sie zuletzt?«

Wicker seufzte. »Ich möchte Sie bitten zu berücksichtigen, dass dies nur ein Verdacht meinerseits ist. Es war viel Alkohol im Spiel an diesem Abend, und man sagt unter Alkoholeinfluss oft Dinge, die man vielleicht nicht so ernst meint. Nicht dass Sie mich falsch verstehen: Ich möchte diese Leute auf keinen Fall in Schutz nehmen. Im Gegenteil, ich verabscheue deren Ansichten, und ich hätte ihnen an dem Abend am liebsten aufs Heftigste widersprochen. Aber es erschien mir unklug, und ich habe stattdessen die Lokalität schnell verlassen ...«

Wicker war immer leiser geworden und schien nun auf eine Reaktion des Colonels zu warten. Didier dachte fieberhaft nach. Wie hatten die Namen der beiden Rädelsführer gelautet? Otto von Karlshagen und Max Baron zu Hohenstein ... Als Franzose und Anhänger der Republik hatte Didier nicht viel übrig für Adlige. Er würde zunächst Erkundigungen über diese Familien einholen müssen, bevor er politische Verwicklungen riskierte. Mit dem deutschen Adel war nicht zu spaßen, das hatte er in früheren Begegnungen feststellen müssen.

Er bemerkte, dass Wicker noch immer auf eine Reaktion seinerseits zu warten schien. Didier holte tief Luft.

»Also schön, belassen wir es vorerst dabei. Ich habe zur Kenntnis genommen, was Sie mir berichtet haben. Ich werde darüber nachdenken, welche Schritte als Nächstes zu unternehmen sind. Ich werde Sie zu gegebener Zeit instruieren. Dann werden wir auch über ein paar andere Punkte sprechen müssen, aber nicht jetzt und nicht heute.« Er lehnte sich auf seinem Stuhl zurück. »Sie können gehen.«

Wicker erhob sich. Didier sah dem jungen Mann an, dass ihm eine Frage auf den Lippen brannte. Doch er wagte nicht, sie zu äußern, und Didier verspürte kein Bedürfnis, ihm entgegenzukommen.

Alles zu seiner Zeit. Jetzt würde er sich erst einmal um die neuen Verdächtigen kümmern.

18

Erst um die Mittagszeit war es ihr gelungen, ein paar Worte mit Gérard Neveu zu sprechen, da er für eine andere Schicht eingeteilt war als sie selbst. Das hatte Babette Zeit gegeben, sich sowohl zu überlegen, was sie ihn fragen wollte, als auch, wie viel sie ihm erzählen sollte. Sie hatte sich entschlossen, ihm nichts von ihrer Freundschaft zu einem Deutschen zu sagen, denn sie wusste, dass er nicht gut auf die Deutschen zu sprechen war. Also würde sie lediglich eigenes Interesse vorgeben und ihn ganz allgemein nach seinem Wissen befragen.

Da sie ihn aber nicht in den kurzen Pausen im Krankenhaus ausfragen wollte, verabredeten sie sich auf ein Glas Wein für die Zeit unmittelbar nach dem Ende seiner Schicht.

Es war kurz nach vier, als Gérard durch die Tür des ehemaligen Stalls gehinkt kam, der für die Ärzte und Pfleger als Kantine diente, in der sie sich nach ihren Schichten trafen, um etwas zu essen und ein Gläschen zu trinken. Gérards steifes linkes Bein hinderte ihn allerdings nicht daran, flotten Schrittes auf den Tisch zuzugehen, auf dem Babette bereits eine Flasche Rotwein und zwei Gläser abgestellt hatte.

Babette zwang sich zu einem unbeschwerten Lächeln, obwohl ihr nicht nach Lachen zumute war. Sie dachte an das, was sie vor zwei Wochen erlebt hatte. Sie hatte Nachtdienst gehabt und war gerade dabei gewesen, im Vorratsraum die gewaschenen Bandagen zu entwirren und wieder aufzuwickeln, als sie aus dem angrenzenden Krankenzimmer tumultartigen Lärm vernahm. Es war nicht selten, dass in einem Raum mit über dreißig Patienten, deren Lager lediglich durch Leinenvorhänge voneinander abgetrennt waren, Männer in Streit gerieten. Meist ging es um kleinere oder größere Diebstähle. Aber dieser Lärm hörte sich anders an. Vorsichtig hatte sie die Tür zu dem Raum geöffnet und hineingelugt. Am hinteren Ende, an dem sich eine weitere Tür befand, stand ein Soldat mit dem Gewehr vor der Brust. Offensichtlich hielt er Wache vor einem der Betten, das hinter dem Vorhang nicht zu sehen war. Babette wollte wissen, was da vor sich ging, also hatte sie den Raum betreten. Im Schutz des Vorhangs näherte sie sich der Quelle des Lärms. Die Patienten in den ersten beiden Betten hatten geschlafen. Der Patient im dritten Bett war wach gewesen, und er hatte sie mit angstgeweiteten Augen angeblickt. Sie legte den Zeigefinger auf die Lippen und bedeutete dem jungen Mann, still zu sein.

Jetzt hörte sie auch, was an dem letzten Bett geredet wurde ... zumal einige der Männer nicht gerade leise sprachen.

»Halt's Maul, du Hure! Sei still, verdammt!«

Hure? Dies war die Männerabteilung. Was hatte eine Frau auf der Station zu suchen?

Dann hörte sie erstmals die Stimme der Frau, die auf Französisch mit starkem deutschem Akzent etwas rief: »Mein Kind, gebt mir mein Kind zurück!«,

O Gott! Babette hatte bereits gehört, dass junge deutsche Frauen zur Entbindung in das französische Lazarett gebracht wurden, aber was sie da gerade hatte mit anhören müssen, deutete darauf hin, dass man dieser Frau das Neugeborene abgenommen hatte. Warum sollte jemand so etwas Grausames tun? Babette konnte sich keinen Reim darauf machen.

Im nächsten Moment hörte sie einen dumpfen Schlag, und das Schreien der Frau verstummte. In panischer Angst hatte sie die Hand vor den Mund geschlagen und kaum noch gewagt zu atmen. Sie hatte sich vorsichtig zurückbewegt und sich unter einem der Betten versteckt und gewartet, bis sie die Schritte von schweren Stiefeln vernommen hatte, die den Raum durch die hintere Tür verließen.

Noch mehrere Minuten lang hatte sie zitternd unter dem Bett gelegen und nicht gewagt, aus ihrem Versteck herauszukommen. Als sie schließlich wieder im Schwesternzimmer war, hatte sie am ganzen Leib gezittert.

Was hatte sie da mit angehört? Was hatten ihre Landsleute dieser armen Frau angetan?

In den kommenden Tagen hatte Babette der Gedanke an die Frau nicht mehr losgelassen, und sie hatte versucht, etwas über sie zu erfahren. Aber es war, als sei sie nie im Lazarett gewesen. Es existierten keine Akten oder Unterlagen über sie, und sie wollte keinen der Ärzte fragen.

Als es dann zu den ersten Morden kam, war ihr sofort der Vorfall im Lazarett eingefallen. Sie war sich sicher, dass sie keinen Einzelfall beobachtet hatte. Diese Frauen hatten Verwandte, Väter, Brüder. War es nicht denkbar, dass diese sich für den Kindesraub rächen wollten?

Es war die Scham über die Rücksichtslosigkeit und Brutalität ihrer Landsleute, die verhindert hatte, dass sie Adalbert von dem Geschehen sofort berichtet hatte. Niemals hätte sie auch nur für möglich gehalten, dass Franzosen zu so etwas fähig wären. Das rechtfertigte natürlich nicht den Mord an französischen Soldaten. Einer von ihnen war gerade mal siebzehn Jahre alt gewesen, wie sie wusste. Aber bevor sie sich Adalbert anvertrauen konnte, musste sie erst mehr erfahren.

»*Salut, Babette.*« Gérards jugendliche Stimme riss sie aus ihren Gedanken. Er setzte sich lächelnd an ihren Tisch, nahm die Flasche Rotwein und schenkte beide Gläser voll.

»Das kann ich jetzt wirklich gebrauchen. War ein anstrengender Tag.« Er nahm einen großen Schluck und sah sie erwartungsvoll an. »Weshalb wolltest du mich sprechen? Gibt es ein Problem?«

Gérard war neunzehn Jahre alt. Die braunen Haare hingen ihm jungenhaft ungekämmt ins Gesicht. Als sie in seine treuen braunen Augen sah, zögerte sie, ihn in diese Sache hineinzuziehen. Konnte sie es verantworten, den Jungen damit zu belasten?

»Heraus mit der Sprache, Babette, du weißt doch, dass du mit mir über alles reden kannst.«

Sie gab sich einen Ruck.

»Hör zu, Gérard, ich ... ich mache mir Sorgen. Ich habe da vor zwei Tagen zufällig ein Gespräch zwischen zwei Patienten mit angehört«, sagte sie, und sie schämte sich ein wenig, dass sie zu dieser Notlüge greifen musste. »Der eine von beiden äußerte die Vermutung, dass hinter den Morden an unseren Soldaten ein Franzose stecken könnte. Mir erscheint das abstrus, aber der Gedanke hat mich seitdem nicht mehr losgelassen.«

Sie wollte gerade fragen, was er darüber denke oder ob er schon etwas Ähnliches gehört hätte, als Gérard ihr zuvorkam.

Er beugte sich vor, sah sich ängstlich um. »Um Gottes willen, Babette, nicht so laut. Was redest du denn da? Du kannst vor ein Kriegsgericht kommen für so eine Behauptung. Wer hat denn so was erzählt?«

Sie sah Gérard überrascht an. Er wirkte sonderbar nervös, trank hastig einen weiteren Schluck Wein.

»Beruhige dich, Gérard, es war nur ein Gespräch, das ich mit angehört habe. Ich habe keine Ahnung, wer die beiden Männer waren. Ich glaube es ja selbst nicht. Ich wollte dich nur fragen, ob du vielleicht ähnliche Gerüchte gehört hast ...«

Gérard sah sich wieder nervös um. »Nein, Babette«, sagte er mit gepresster Stimme, »das habe ich nicht. Und frage besser nicht danach, mich nicht und auch niemand anderen. Du handelst dir nur großen Ärger ein. Bitte, versprich es mir!«

Seine Stimme hatte einen flehentlichen Ton angenommen, und sie merkte, dass er Angst um sie hatte. Aber sie merkte auch, dass da noch mehr war, dass er ihr irgendetwas verschwieg. Irgendetwas, das er für so gefährlich hielt, dass er sie unbedingt von weiteren Nachforschungen abhalten wollte. Er wirkte so aufgewühlt, dass sie nicht insistierte. Sie würde ihm alles versprechen, was er hören wollte. Aber natürlich würde sie es damit nicht bewenden lassen. Denn jetzt wusste sie, dass sie auf der richtigen Spur war.

19

Da der Colonel ihn so schroff abgewiesen hatte, war es Adalbert nicht möglich gewesen, eine Frage loszuwerden, die ihm seit seinem Besuch bei Professor von Hohenstetten auf den Nägeln brannte. In seiner Not beschloss er, sich an den Büroschreiber Kargel zu wenden. Der schien ihm ein aufrichtiger Mann zu sein. Er würde gewiss nicht gleich zu Kriminalrat Weidung laufen und ihm von Adalberts sonderbarem Ansinnen Bericht erstatten. Adalbert hoffte es jedenfalls.

Manfred Kargel war um die sechzig Jahre alt, eine kleine, unscheinbare Gestalt. Immer zurückhaltend, fast ängstlich. Wenn er nicht angesprochen wurde, sprach er kein Wort.

Adalbert wartete einen Moment ab, da er allein mit Kargel im Büro war, und trat dann zu ihm an den Schreibtisch.

»Darf ich Sie kurz stören, Herr Kargel?«, fragte er vorsichtig. »Ich hätte eine eher … persönliche Frage.«

Kargel sah ihn mit großen Augen an. »Selbstverständlich«, sagte er vorsichtig. »Wie kann ich Ihnen helfen, Herr Kommissar?«

»Nun, ich bin da auf der Suche nach Informationen

und habe mir gedacht, dass Sie als dienstältester Mitarbeiter hier im Büro mir am ehesten weiterhelfen können.«

Kargel entspannte sich ein wenig. Er lächelte verbindlich.

»Ich habe von einem Bekannten die Empfehlung erhalten, mir eine bestimmte Ausgabe der Zeitschrift *Kladderadatsch* anzusehen ... zu Recherchezwecken, Sie verstehen?«

Kargel sah ihn überrascht an.

»Ihnen ist bekannt, dass diese Zeitung von den alliierten Besatzern zu den verbotenen Schriften erklärt wurde, oder?«

Das hatte Adalbert nicht gewusst. »Nein«, rief er verwundert aus. »Und warum?«

Kargel sah ihn über seine Nickelbrille hinweg an. Das Misstrauen war ihm anzusehen, aber dann gab er sich einen Ruck und setzte sich aufrechter hin.

»Sie scheinen tatsächlich auf der Polizeischule einiges verpasst zu haben, aber vielleicht sind Sie ja auch noch zu jung.« Er seufzte. »Setzen Sie sich, Herr Kommissar, dann will ich Ihnen erklären, was es damit auf sich hat.«

Adalbert nahm auf einem Stuhl vor dem Schreibtisch Platz und sah den älteren Mitarbeiter erwartungsvoll an.

»Also«, begann Kargel, »der *Kladderadatsch* ist eine Berliner politische Satirezeitung, die es seit ... ich glaube, seit 1847 oder 48 gibt. Sie erscheint wöchentlich und ... nun ja ... sie ist in ihren Darstellungen nicht zimperlich. Eine sehr interessante Zeitschrift, wenn ich das sagen darf, denn sie schaut dem Volk aufs Maul und dokumentiert, wie das Volk über die Mächtigen denkt.«

Kargel war wie verwandelt, wie Adalbert verwundert bemerkte. Alle Scheu war verschwunden. Und der Mann war offensichtlich klüger und gebildeter als so mancher andere in diesem Büro.

»Aber warum wurde die Zeitschrift verboten?«, hakte Adalbert nach.

Kargel zuckte mit den Schultern. »In den vergangenen Jahren hat der *Kladderadatsch* deutliche Worte zu den Franzosen geäußert, aber natürlich auch zu den anderen Besatzungsmächten. Das konnte sich der Interalliierte Hohe Ausschuss nicht bieten lassen, weshalb der Besitz dieser Zeitschrift unter Strafe gestellt wurde. Erst letzte Woche sind wieder zwei Familien aus dem Rheinland ausgewiesen worden, weil sie denunziert worden waren, den *Kladderadatsch* zu besitzen.«

Adalbert hatte gewusst, dass bereits Tausende von Familien aus Städten wie Mainz und Coblenz ausgewiesen worden waren, aber er war bisher der Meinung gewesen, dass es sich überwiegend um Bahnbedienstete gehandelt habe, die sich an Streiks beteiligt hatten.

»Und wenn ich nun eine bestimmte Ausgabe dieser Zeitschrift suche?«

»Aber ich sagte doch, die sind verboten, Herr Kommissar!«, sagte Kargel und sah Adalbert besorgt an.

»Wie gesagt, es geht um eine Recherche im Zuge unserer Ermittlungen«, sagte Adalbert und fuhr fort, als Kargel noch immer etwas unglücklich dreinschaute: »Keine Angst, ich würde die Quelle nirgendwo erwähnen. Ich gebe Ihnen mein Ehrenwort.«

Kargel sah ihn noch immer misstrauisch an.

»Na schön«, sagte Adalbert und erhob sich. »Sie haben mir dennoch sehr geholfen. Ich werde schon irgendwo eine Quelle auftun. Machen Sie sich keine Gedanken. Und unser Gespräch bleibt natürlich ebenfalls unter uns.«

Er wandte sich um und wollte gehen, als er hinter sich ein Räuspern hörte. »Einen Moment, Herr Kommissar«, sagte der Büroschreiber, jetzt wieder in seiner gewohnt vorsichtigen Art. »Ich glaube, ich kann Ihnen das Gewünschte zur Verfügung stellen ... zu Recherchezwecken.«

Das Treffen fand am selben Abend in einer dunklen Seitenstraße in der Nähe von Kargels Wohnung im Norden von Coblenz statt. Kargel war zur verabredeten Zeit erschienen und hatte ihm einen braunen Umschlag überreicht, in dem sich die vier Mai-Ausgaben von 1920 befanden, die offensichtlich Teil seiner eigenen geheimen Sammlung waren. Adalbert hatte ihm noch einmal versichert, dass er, Adalbert, höchste Diskretion wahren würde. Dann hatten sie sich mit Handschlag verabschiedet.

Eine halbe Stunde später saß Adalbert auf seinem Bett im Mansardenzimmer und holte die Zeitschriften hervor. Schnell wurde ihm klar, warum die Besatzer ein Interesse daran hatten, das Blatt in den von ihnen kontrollierten Gebieten zu verbieten. Es war vor allem die Ausgabe vom 30. Mai, die seine Aufmerksamkeit erregte. Auf der Titelseite prangte eine Karikatur. Sie zeigte einen Gorilla, der eine französische Soldatenmütze auf dem Kopf trug. In den Armen hielt er eine statuenhafte weiße Frau, die er mit sich fortschleppte. Die Bildunterschrift lautete: *Der schwarze Terror in deutschen Landen.*

Adalbert blätterte die Zeitschrift durch und fand einige Seiten weiter den dazugehörigen Artikel. Es ging darin um die schwarzen Soldaten, Afrikaner, die in der französischen Armee dienten und die sich, wie der Artikel behauptete, an deutschen Frauen vergingen. Diese Schandtaten, so hieß es, würden allen Parteien die Schamesröte ins Gesicht treiben.

Adalbert hatte von derlei Dingen noch nie gehört. Er war schockiert und las unter zunehmender Verwirrung weiter.

Wie er jetzt erfuhr, hatten die Franzosen sowohl auf den Schlachtfeldern während des Krieges als auch in der folgenden Besetzung des Rheinlandes Truppen aus ihren nord- und westafrikanischen Kolonien eingesetzt. Bereits während des Krieges war von beteiligten Ländern gegen den Einsatz von »Niggern« und anderen »Unmenschen« gewettert worden. Dies war nach 1918 und der Besetzung des Rheinlandes noch schlimmer geworden, als es zu Übergriffen von Senegalesen, Marokkanern oder Tunesiern an der Landbevölkerung gekommen war. Es war von Vergewaltigungen junger deutscher Frauen, aber auch Männern die Rede. Der überwiegende Teil der deutschen Bevölkerung sah diese in französischen Diensten stehenden Soldaten nicht als Menschen an. Umso schrecklicher empfanden sie es, von diesen »Tieren« bevormundet zu werden.

Adalbert hatte bisher lediglich einmal Kolonialsoldaten bei einem Aufmarsch gesehen und sich über den ungewohnten Anblick sehr gewundert. Er hatte sich aber keine weitergehenden Gedanken über mögliche Konflikte gemacht. Nun musste er feststellen, dass der Einsatz der Kolonialtruppen für massive Probleme sorgte, die allen Parteien Munition lieferten für ihre Hetzkampagnen gegen die Besatzer. Es war also kein Wunder, dass die jungen Anhänger der NSDAP zu solchen Parolen griffen. Damit machten sie sich bei der Mehrheit der Bevölkerung beliebt. Sie sprachen den Menschen aus der Seele.

Adalbert ließ sich auf sein Bett sinken. Er dachte fieberhaft nach. Warum hatte Professor von Hohenstetten ihm den Hinweis auf den *Kladderadatsch* gegeben? Hatte er andeuten wollen, dass es sich bei den Morden um Rache für Vergewaltigungen durch französische Kolonialsoldaten gehandelt haben könnte? Aber warum rächte man sich nicht direkt an diesen, sondern an den Franzosen? Waren Otto und seine Kameraden tatsächlich darin verstrickt, wie ihre Parolen durchaus nahelegten? Waren sie es womöglich selbst gewesen? Oder wussten sie, wer dahintersteckte?

Fragen über Fragen, dachte Adalbert und schloss erschöpft die Augen. Vielleicht brachte der morgige Tag neue Erkenntnisse, denn Anjou würde gewiss nicht untätig bleiben.

Und mit diesen Gedanken fiel Adalbert in einen traumlosen Schlaf.

20

Was sollte er auf das Geschwätz dieses Jungen geben? Vermutlich wollte er ja nur seine Freunde schützen.

Colonel Didier Anjou lief unruhig in seinem Büro auf und ab. Es war Zeit, endlich zu handeln. General Betancourt verlangte Ergebnisse, und die würde er ihm nun liefern.

Die Sonne trat gerade erst über die Dächer der Stadt, während er auf Nachricht seiner Leute wartete, die er noch im Morgenrauen ausgeschickt hatte, um die verdächtigen Personen festzunehmen. Nachdem er den Armeegeheimdienst darauf angesetzt hatte, Erkundigungen über die Familie zu Hohenstein und von Karlshagen anzustellen, hatte er sein weiteres Vorgehen von diesen Ergebnissen abhängig gemacht. Er wollte nicht unnötig Öl ins Feuer schütten. Die politische Situation war schon brisant genug. Nach der erfolgreich durchgeführten Währungsreform des Deutschen Reiches war ein Erstarken der Kräfte zu befürchten, die eine Räumung der besetzten Gebiete noch vor Ablauf der vereinbarten fünfzehn Jahre befürworteten. Das war auf keinen Fall im Interesse Frankreichs, das sich vom Ziel der Separatisten, die eine freie Rheinrepublik anstrebten, Vorteile versprach. Eine vom

Deutschen Reich abgetrennte Rheinrepublik könnte von Frankreich wesentlich leichter einverleibt werden. Damit wäre das Ziel erreicht, dass der Rhein die Grenze zu Deutschland bildete. Aus diesem Grund hatte Frankreich auch in die Kämpfe im Ruhrgebiet zwischen Separatisten und Reichstreuen aufseiten der Separatisten eingegriffen.

Zu Didiers Erleichterung hatten die Meldungen des Geheimdienstes gezeigt, dass die Familie von Karlshagen zum verarmten Adel gehörte und die Eltern des Barons zu Hohenstein zwar Weingüter und Manufakturen besaßen, aber nicht zu den politisch einflussreichen Familien zählten. Über Otto von Karlshagen war zudem bekannt, dass er zuletzt einige Monate in München in Festungshaft verbracht hatte, weil er als Anhänger der inzwischen verbotenen Nationalsozialistischen Deutschen Arbeiterpartei galt und, so wurde vermutet, eine Rolle beim Hitler-Putsch gespielt hatte. Er war lediglich wieder auf freiem Fuß, weil kein eindeutiger Nachweis geführt werden konnte. Didier musste grinsen, als er daran dachte, dass der junge Aristokrat nun erneut Bekanntschaft mit der Festungshaft machen würde, diesmal hier in Coblenz.

Max Baron zu Hohenstein dagegen war ein unbeschriebenes Blatt. Aber da er sich offensichtlich oft mit Otto von Karlshagen herumtrieb, lag der Verdacht nahe, dass auch er ein Anhänger dieses Adolf Hitler war und vermutlich in die Machenschaften seines Freundes verstrickt war.

Aber dann war da noch ein Dritter im Bunde, Friedrich Becker. Von Beruf Metzger. Mehrfach wegen Körperverletzung festgenommen. Vermutlich war genau dies seine Aufgabe – für schlagkräftige Argumente zu sorgen, wenn die üblichen Hetzparolen nicht mehr ausreichten.

Einerlei, er würde sehen, woran er war, wenn ihm das Trio vorgeführt wurde.

Gerade als er seine Taschenuhr hervorholen wollte, um nach der Uhrzeit zu sehen, klopfte es.

»*Entrez!*«

Die Tür öffnete sich, und sein Adjutant trat ein. Er nahm Haltung an und meldete: »Wir haben die drei Verdächtigen festgenommen und sie in die Zellen im Gefängnistrakt verbracht, *mon colonel*. Wenn Sie die Gefangenen jetzt aufsuchen möchten, ständen sie zur Vernehmung zur Verfügung.« Ein Grinsen huschte über sein Gesicht. »Das heißt, der eine von ihnen ist vielleicht noch etwas mitgenommen.«

Didier bedachte seinen Adjutanten mit einem missbilligenden Blick, wollte aber den Soldaten keine Vorhaltungen machen. Der Druck der letzten Tage war wirklich enorm gewesen. Er konnte nachvollziehen, dass die Männer ein Ventil brauchten, um Dampf abzulassen. Nun, es würde sich zeigen, wie gesprächig diese Burschen nach der eben gemachten Erfahrung waren.

Gemeinsam mit seinem Adjutanten begab er sich zu den Gefängniszellen im Keller der Festung.

Die Zellen lagen zwar im selben Trakt, aber ausreichend weit voneinander entfernt, sodass sich die Gefangenen nicht miteinander unterhalten konnten.

Sein Adjutant führte ihn zur ersten Zelle, und Didier erkannte sofort, dass er von diesem Mann nicht viele Antworten erwarten durfte. Der kleine, bullige Kerl saß auf der hölzernen Pritsche und starrte benommen vor sich hin. Er war offensichtlich zu Hause aus dem Bett gerissen worden: Er trug einen der seit Beginn des Jahrhunderts in Mode gekommenen Pyjamas, die inzwischen die Nachthemden fast vollständig verdrängt hatten. Allerdings wies das Kleidungsstück, das ursprünglich weiß-grau gestreift gewesen war, auf der Brust eine große blutdurchtränkte Fläche auf. Auch um Mund und Nase klebte Blut, was darauf hindeutete, dass er einen Schlag, vermutlich mit dem Gewehrkolben, ins Gesicht erhalten hatte. Es wäre verwunderlich, wenn ihm nicht wenigstens einige Zähne fehlten.

»Das ist der Verdächtige Friedrich Becker«, erläuterte sein Adjutant. »Laut Angaben des Sergents, der ihn festgenommen hat, hat er heftigen Widerstand geleistet und war kaum zu bändigen gewesen.«

Der Colonel trat dicht an die Gitterstäbe.

»He, du, kannst du mich verstehen?«, rief er dem jungen Mann zu, erhielt aber keine Reaktion.

Dafür schaltete sich sein Adjutant ein: »Er spricht offenbar leidlich unsere Sprache, wie mir berichtet wurde, aber ich glaube nicht, dass Sie im Moment viel aus ihm herausbekommen werden. Ich habe ihn bei der Einlieferung auch auf Deutsch angesprochen, aber er hat auf nichts reagiert.«

Didier war froh, dass sein Adjutant recht gut Deutsch

sprach, denn er wollte nicht, dass ihm bei einer Vernehmung auch nur ein einziges Wörtchen entging.

»Lassen Sie uns zum Nächsten gehen«, sagte er und wandte sich ab.

Der Adjutant nickte und ging voran.

Sie kamen zu einer Zelle, in der ein hochgewachsener junger Mann unruhig auf und ab lief. Als er die Ankommenden bemerkte, blieb er stehen und sah sie mit schreckgeweiteten Augen an.

»Das ist Max Baron zu Hohenstein«, sagte der Adjutant. »Er spricht sehr gut Französisch. Sie können ihn also ohne Probleme befragen.«

Der Deutsche war ebenfalls noch im Pyjama, allerdings war das Kleidungsstück bunt gemustert und schien aus Seide zu bestehen. Didier erkannte sofort, dass er hier nicht den Mutigsten vor sich hatte. Das gedachte er schamlos auszunutzen. Er kannte sich aus in der Kunst der Einschüchterung, und es war nicht das erste Mal, dass er einen Feind zu befragen hatte.

Er trat näher ans Gitter und sprach den jungen Mann an: »Mein Name ist Colonel Anjou. Ich bin hier derjenige, der entscheidet, ob Sie im Anschluss an unser Gespräch standrechtlich erschossen werden oder ob wir uns die Mühe eines Prozesses machen.«

Der Effekt seiner Ansprache war der gewünschte. Alle Farbe wich aus dem Gesicht des jungen Deutschen.

Menschen reagierten auf eine Todesdrohung sehr unterschiedlich: Es gab die Fatalisten, die sich in ihr Schicksal ergaben oder die ganze Situation nicht ernst nahmen. Es gab die Kämpfernaturen, die gewillt waren, bis zum letzten Atemzug Widerstand zu leisten. Und dann gab es die Ängstlichen, die sich verzweifelt an jeden Strohhalm klammerten, der ihnen geboten wurde.

Didier war sich sicher: Um sein Leben zu retten, würde der junge Mann ihm alles erzählen, was er hören wollte. Damit war allerdings noch nicht gesagt, dass er ihm auch die Wahrheit erzählen würde.

»Sie wissen, warum Sie festgenommen wurden?«, sagte er schließlich.

»Nein«, stieß der Junge hervor und trat näher. »Ich habe keine Ahnung, wirklich nicht. Ich habe mir nichts zuschulden kommen lassen.«

Didier sah ihn nachdenklich an.

»Tod den Franzosen... Setzt der schwarzen Schmach ein Ende... Na, junger Mann, sagt Ihnen das etwas?«

Baron zu Hohenstein wedelte heftig mit der Hand.

»Nein, nein, nein! Ich, äh... Das war so nicht ge...«

Er unterbrach sich. Offensichtlich wurde ihm klar, dass leugnen wenig Sinn hatte.

»Ich... ich... Das war...« Erneut verstummte er und senkte den Blick.

Didier ließ ihm Zeit. Über kurz oder lang würde er zu der Einsicht kommen, dass sich seine Situation nur verbessern ließ, wenn er mit ihnen zusammenarbeitete.

Als der junge Mann schließlich zu reden begann, liefen ihm Tränen über die Wangen, und seine Rede wurde immer wieder von Schluchzern unterbrochen.

»Ich wollte doch... wollte doch nur... dazugehören …«, stammelte er. »Das war doch … alles nur … weil Otto … ich hab doch niemand … ich könnte nie jemanden töten … das könnte ich nicht … Sie müssen mir glauben!«

Langsam wurde es Didier zu viel. »Reißen Sie sich zusammen, Mann! Das ist ja erbärmlich«, fuhr er den Deutschen an. »Fassen Sie sich, und erzählen Sie mir mehr über diesen Otto von Karlshagen.«

Langsam verebbte das Schluchzen. Der junge Baron atmete mehrmals tief ein und aus, bis er sich einigermaßen beruhigt hatte.

»Was soll ich Ihnen über Otto erzählen? Was wollen Sie wissen?«

»Ich werde Ihnen sagen, was ich wissen will. Ich will wissen, ob Otto von Karlshagen an den Morden an meinen Soldaten beteiligt war. Ob er sie selbst begangen oder sie veranlasst hat.«

Die Augen des Jungen waren groß und rund geworden. »Um Gottes willen, davon weiß ich nichts«, rief er entsetzt aus. »Das waren doch nur dumme Sprüche, die wir alle mitgegrölt haben. Ich mache mir nichts aus Politik. Ich wollte nur dabei sein. Ich weiß, dass Otto manchmal ziemlich extreme Ansichten hat, aber ich weiß nicht, ob er das alles wirklich ernst meint. Nach ein paar Bier sagt jeder mal Sachen, die er nicht so ganz ernst meint, oder?«

Didier war nicht gewillt, darauf einzugehen. Natürlich sagte man im Rausch Dinge, die man nie in die Tat umsetzen würde. Aber in diesem Zusammenhang entschuldigte dies nichts. Didier verachtete Mitläufer ohne eigene Meinung, und dieser junge Mann war in seinen Augen ein solcher Mitläufer.

»Wissen Sie etwas über Kontakte zu Personen, die Sie einer solchen Tat für fähig erachten? Trauen Sie Otto von Karlshagen zu, es selbst getan zu haben? Los, Mann, reden Sie.«

Die Verzweiflung, dass er nichts anbieten konnte, um seine Situation zu verbessern, stand dem Mann ins Gesicht geschrieben. Ihm war anzusehen, dass er verzweifelt versuchte, ein Argument zu finden, dass ihn vielleicht aus dieser misslichen Lage würde retten können. Vergeblich. Resigniert wandte Didier sich ab. Er war bereits einige Schritte gegangen, als sich der junge Baron erneut meldete.

»Warten Sie, warten Sie«, rief er. »Vielleicht ... vielleicht hat Otto Friedrich Becker mit irgendwelchen Aktionen beauftragt ... Aber das ist nur eine Vermutung ... Ich weiß wirklich nichts, ich schwöre es bei meinem Leben!«

Der Colonel beachtete ihn nicht mehr, sondern winkte seinem Adjutanten, ihm zu folgen. Gemeinsam begaben sie sich zu der dritten Zelle. Er war gespannt auf Otto von Karlshagen, den Hitler-Anhänger, der wohl die treibende Kraft in dieser Gruppe gewesen war.

Als er vor die Zelle trat, blickte er seinen Adjutanten verwundert an.

»Wieso ist dieser Mann vollständig bekleidet? War er um diese frühe Zeit schon wach?«

Sein Adjutant zuckte mit den Schultern. »Soweit ich es verstanden habe, ist es ihm irgendwie gelungen, den Sergent zu überreden, sich ankleiden zu dürfen.« Er hielt inne, zögerte. Als der Colonel ihn nach wie vor fragend anblickte, fuhr er fort: »Ich vermute, er hat die Soldaten mit Geld bestochen, aber der Sergent leugnet dies.«

Didier schnaubte verächtlich und richtete den Blick wieder auf den jungen Mann, der mit einer Reithose, Reitstiefeln und einem makellosen weißen Hemd bekleidet war. Er lehnte mit verschränkten Armen an der gegenüberliegenden Wand und beobachtete Anjou mit wachem Blick. Das Erste, was dem Colonel auffiel, war die Körpergröße des Mannes. Von Karlshagen maß mindestens einen Meter neunzig, was mit der Angabe des Rechtsmediziners zur Größe des Mörders übereinstimmte. Dieser Mann kam eindeutig als Täter infrage. Und das verächtliche Grinsen, das jetzt auf das Gesicht des Deutschen trat, machte Didier klar, dass er es hier nicht mit einem Angsthasen zu tun hatte.

Er postierte sich vor den Gitterstäben, legte die Hände hinter den Rücken und stand einen Moment schweigend da, bevor er schließlich zu sprechen begann.

»Ich bin Colonel Anjou, und Sie sind verhaftet worden wegen der Morde an vier Soldaten der französischen Rheinlandarmee. Was haben Sie dazu zu sagen?«

Das Grinsen des Mannes machte ihn wahnsinnig, und als er dann auch noch auf Deutsch antwortete, wäre Didier ihm am liebsten an die Gurgel gegangen.

»Ich rede nicht mit Froschfressern und schon gar nicht

in dieser Weibersprache. Wenn Sie mir etwas zu sagen haben, reden Sie gefälligst Deutsch, wie es sich hierzulande gehört.«

Didier sah seinen Adjutanten an, der pflichtschuldig die Worte des Deutschen übersetzte. Der Colonel ballte die Fäuste und überlegte, wie er diesen aufgeblasenen Popanz einschüchtern konnte.

Er funkelte ihn wütend an: »Ihnen ist wohl nicht klar, dass es in meiner Macht steht, Sie jederzeit standrechtlich erschießen zu lassen!«

Das laute Lachen aus der Zelle ließ ihn zusammenzucken. Der Mann verstand offensichtlich sehr gut Französisch.

»Da musst du schon andere Register ziehen, Franzmann. Du machst mir keine Angst.«

Es war wie ein Schlag ins Gesicht, dass Otto von Karlshagen diesmal Französisch gesprochen hatte.

Mit einer Kopfbewegung signalisierte er seinem Adjutanten, ihm zu folgen. Er würde mit dem deutschen Kommissar sprechen müssen. Sie mussten sich beraten, welche Möglichkeiten sie hatten, um mehr über Otto von Karlshagen herauszufinden.

Während sie dem Ausgang des Gefangenentrakts zustrebten, hallten ihnen die Worte des Deutschen nach: »Ihr Franzmänner denkt, ihr könnt alles mit uns machen. Aber ihr werdet euch noch wundern. Die Zeit wird kommen, wo wir euch wieder dahin zurücktreiben, wo ihr hergekommen seid.«

21

Er kannte keine Angst mehr. Nicht, seit er die Hölle von Verdun überlebt hatte. Wovor sollte er sich noch fürchten?

Das war es zumindest, was er den jüngeren Kameraden immer wieder erzählte. Was er nicht erwähnte, waren die zahllosen Nächte, in denen er schweißgebadet aufwachte, weil ihn ein Albtraum heimgesucht hatte, in dem er wieder dort war, in dem endlosen Grauen des Stellungskriegs. Noch immer konnte er es kaum glauben, dass er keine schlimmeren Verletzungen davongetragen hatte, und das, obwohl er wahrlich genug Angriffsfläche bot. Mit seinen eins fünfundneunzig und seinem athletischen Körperbau war er nicht so leicht zu übersehen. Aber um ihn herum waren die Kameraden gefallen, während er dastand wie ein Fels in der Brandung.

Sergent Victor Fleury war erst neunundzwanzig, aber er sah wesentlich älter aus. Das hatte er seinem schlohweißen Haarschopf zu verdanken. In der Schlacht von Verdun war sein Haar fast über Nacht ergraut und hatte seine ursprüngliche Farbe nie wieder erhalten. Das störte Fleury nicht, genauso wenig wie die Narben im Gesicht, die er von Granatsplittern davongetragen hatte. Er war nie ein schöner Mann gewesen und hatte es auch nicht sein wollen. Als Eigenbrötler war er schon immer lieber für sich gewesen. Er hatte auch nie Karriere in der Armee machen oder mehr als ein Sergent sein wollen. Er sprach nicht über sich, und seine Kameraden wussten über ihn nur das wenige, das er sie wissen ließ. Für sie war er vor allem eine imposante Erscheinung, jemand, auf dessen körperliche Stärke man sich verlassen konnte.

Der Gedanke gefiel Victor. Der Deutsche, der in ihm ein leichtes Opfer sah, würde sich jedenfalls wundern.

Er trieb sich jetzt seit vier Stunden in den dunklen Gassen der Stadt herum und hoffte, den Mörder anzulocken, doch bislang vergebens. Gegen zwei Uhr am Morgen betrat er ein Gasthaus, in dem er noch Licht gesehen hatte, und verlangte eine Flasche Wein, die er mit auf die Gasse nehmen wollte, denn er hatte Durst. Der verängstigte Wirt brachte ihm eine Flasche, entkorkte sie und wollte nicht einmal das Geld annehmen, das Victor ihm hinhielt. Schulterzuckend wandte Victor sich um und verließ das Lokal.

Vor der Tür setzte er die Flasche an und nahm einen großen Schluck. Da kam ihm die Idee. Eilig ging er um die nächste Ecke. In einer Nische, vor etwaigen Blicken geschützt, hob er die Flasche und schüttete sich den Großteil des Inhalts über die Uniform. Er schnupperte kritisch und stellte zufrieden fest, dass die Kleider das erwünschte Odeur verströmten. Dann setzte er seinen Weg durch die Gassen der Stadt fort, schwankend und torkelnd, als sei er genau so betrunken, wie er roch.

Eine Kirchturmuhr schlug drei Uhr. Die Straßen waren schon seit Langem menschenleer. Victor hatte angefangen, französische Marschlieder zu grölen. Vielleicht konnte das die Aufmerksamkeit des Mörders erregen ...

Victor hörte den Angreifer nicht kommen, vermutlich wegen seines lauten Gesangs. Er spürte nur, wie eine schwere Gestalt ihn von hinten ansprang. Die Weinflasche entglitt seiner Hand und zerschellte auf dem Kopfsteinpflaster. Noch bevor Victor zu irgendeiner Reaktion fähig war, sah er aus dem Augenwinkel ein Aufblitzen, eine Spiegelung einer dämmrigen Straßenlaterne in einem metallischen Gegenstand, und im nächsten Augenblick spürte er, wie etwas über seinen Hals gezogen wurde. Es war ein langes Messer, wie Victor jetzt erkannte, und der Schnitt wäre garantiert tödlich gewesen, wenn – ja, wenn die stählerne Klinge nicht ihrerseits auf undurchdringlichen Stahl getroffen wäre!

In Verdun war Victor stets an vorderster Front gewesen und war gegen Ende der Belagerungskämpfe immer wagemutiger geworden, weil ihm bis dahin noch nie etwas passiert war und er sich geradezu für unverwundbar hielt. Als schließlich eine Granate am Rand des Schützengrabens unmittelbar in seiner Nähe explodierte, hatten nicht nur die Splitter tiefe Wunden in sein Gesicht geschnitten. Durch den Explosionsdruck war sein Kopf ruckartig nach hinten gerissen worden. Zwei seiner Halswirbel waren dabei gebrochen. Mit dem Feldarzt, der ihn versorgte, war er eng befreundet, und nachdem die oberflächlichen Wunden versorgt und genäht waren, hatte er ihm eröffnet, dass seine Zeit als aktiver Soldat damit beendet sei. Er habe es nur seiner kräftigen Konstitution zu verdanken, dass die Fraktur stabil sei und wohl wieder verheilen werde. Aber jede stärkere Belastung des Halses könnte fatale Folgen haben. Victor werde sich also ins Privatleben zurückziehen müssen. Es war Victor wie ein Todesurteil vorgekommen. Er hatte seinen Freund gebeten, niemandem etwas von der Verletzung zu erzählen. Lieber wollte er tot oder gelähmt sein. Aber nicht mehr Soldat? Unter keinen Umständen! Deshalb sann er auf ein Mittel, wie er seine verwundbare Stelle, seine ganz persönliche Achillesferse, schützen konnte.

Seit acht Jahren trug er nun eine starre eiserne Halsmanschette, die man auf der Rückseite durch Bänder schloss. Das gesamte Konstrukt hatte er mit einem Schal verborgen, ohne den man ihn fortan nicht mehr sah. Die anderen dachten, dass er seine furchtbaren Narben verdecken wollte. Ihm war es egal gewesen, was sie dachten.

Inzwischen hatte Victor sich an die Manschette längst gewöhnt. Sie war gedacht, sein Leben und seine Gesundheit zu schützen, aber nicht im Traum hätte er es für möglich gehalten, dass sie ihm einmal das Leben retten würde, indem sie verhinderte, dass ihm die Kehle durchgeschnitten würde.

Denn genau das war soeben geschehen, und es verblüffte den Angreifer und den Angegriffenen gleichermaßen. Sich auf seine kämpferischen Talente besinnend, rammte Victor einen Ellenbogen nach hinten in die Magengrube des Angreifers und vernahm befriedigt ein lautes Stöhnen.

Er wirbelte herum und packte ihn an seiner Kleidung, riss den Mann herum, wie ein wild gewordener Ringkämpfer. Er wollte ihn zu Boden schleudern, als er einen stechenden Schmerz in der Lendengegend verspürte. Victor sackte auf die Knie. Er erhielt einen schweren Stoß in den Rücken und fiel nach vorne. Benommen lag er da. Er konnte sich nicht rühren. Er sah nur das Straßenpflaster und seine rechte Hand, in der sich ein Stück Stoff zu befinden schien.

In ergebenem Fatalismus wartete Victor auf den unvermeidlichen Todesstoß.

22

Auf dem Weg zum Lazarett ging Didier in Gedanken das Verhör durch, das er gleich mit der französischen Krankenschwester führen würde. Bisher wusste er über sie nur, dass sie mit Nachnamen Carolle hieß und zwanzig Jahre alt war. Alles Weitere würde sich gleich in der Befragung ergeben. Er war neugierig, was für ein Typ Frau die Krankenschwester war, die sich mit dem jungen Adalbert Wicker eingelassen hatte. War sie ein berechnendes Weib, das sich bevorzugt an Deutsche heranschmiss? Oder ein furchtsames kleines Ding, das aus Angst mit dem Deutschen mitgegangen war?

Er betrat das Lazarett und wandte sich an die nächstbeste Schwester.

»Madame, ich suche Mademoiselle Carolle. Wo kann ich sie finden?«

Die ältere Frau wollte ihm gerade antworten, als ein Arzt auf Didier zugestürzt kam.

»Colonel Anjou? Ich bin Dr. Lebleu. Wie können Sie so schnell hier sein? Ich habe gerade erst einen Boten mit der Nachricht zu Ihnen geschickt.«

»Welche Nachricht? Ich habe keine Nachricht erhalten. Ich bin hier, um eine Ihrer Schwestern zu verhören.«

»Ich weiß nicht, was Sie damit meinen, aber das muss im Moment warten, Colonel. Sergent Fleury ist wichtiger.«

Didier sah ihn irritiert an. »Ich kenne keinen Sergent Fleury. Was ist mit dem Mann?«

Der Arzt schien seinerseits verwirrt. Doch er fing sich schnell und fasste zusammen, was er wusste. »Er wurde niedergestochen. Eine Militärstreife hat ihn in den frühen Morgenstunden in der Altstadt auf dem Boden liegend gefunden. Zuerst dachten sie, er sei betrunken, weil er so nach Alkohol stank. Aber dann haben sie die Blutlache gesehen, in der der Mann lag. Sie haben ihn hierhergebracht, und ich habe zuerst seine Einheit verständigen lassen, dann Sie, als klar wurde, dass es sich offensichtlich um einen Mordanschlag gehandelt hat. Einer der Soldaten, die ihn gefunden haben, hat berichtet, dass Fleury in der Stadt unterwegs war, weil er den Mörder unserer Kameraden fangen wollte …«

Didier riss ungläubig die Augen auf. »Dieser Narr! Wir haben die Mörder doch gestern …« Er brach ab, als ihm bewusst wurde, was der Überfall auf den Sergent bedeutete. Didier schüttelte erbost den Kopf: Nein, noch war nicht klar, ob der Mann wirklich ein weiteres Opfer des Soldatenmörders war oder aus einem anderen Grund sterben musste.

»Erzählen Sie, Doktor«, wies er den Arzt unwirsch an. »Welche Verletzungen wurden ihm zugefügt?«

»Nun, er hat einen Einstich mit einem langen Messer in der Nierengegend. Doch zuvor hat der Angreifer offensichtlich versucht, Fleury die Kehle durchzuschneiden, was aber misslang.«

Didier sah den Arzt an. »Der Schnitt misslang? Wie das?«

»Fleury trug eine Stahlmanschette um den Hals.«

»Eine Manschette?«

Der Arzt nickte. »Wir wissen noch nicht, warum er sie trug, aber das wird er uns gewiss noch erklären. Auf jeden Fall hat ihm die Manschette das Leben gerettet. Die Verletzung in der Nierengegend hat zwar für einen hohen Blutverlust gesorgt, aber …«

»Was?«, fiel Didier ihm ins Wort. »Er lebt? Warum haben Sie das nicht gleich gesagt? Bringen Sie mich sofort zu ihm!«

Kurz darauf stand Didier vor dem Krankenlager von Sergent Victor Fleury. Der Mann lag da wie ein gefällter Riese. Sein Gesicht war bleich wie das Laken, das ihn bedeckte.

»Wann kann ich mit ihm reden?«, fragte er den Arzt, der schweigend neben ihm stand.

Der Arzt machte ein nachdenkliches Gesicht. »Er hat, wie gesagt, viel Blut verloren. Sein Zustand ist stabil, aber noch ist er nicht außer Lebensgefahr. In ein, zwei Tagen wissen wir mehr.«

Didier seufzte resigniert. Er nickte dem Arzt zu, dann wandte er sich wortlos um. Er wollte das Krankenzimmer gerade verlassen, als ihn ein Ausruf des Arztes zurückhielt.

»Einen Moment noch, Colonel, das hätte ich fast

vergessen. Die Männer die ihn gebracht haben, gaben mir das hier.« Er ging zu einem Nachtschrank, der etwas abseits an der Wand stand, und öffnete die Schublade. »Die Männer sagten, er habe es in der rechten Hand gehalten. Sie vermuteten, es könne vom Täter stammen.«

Er entnahm der Schublade einen Stofffetzen und überreichte ihn dem Colonel. Der Stoff hatte etwa die Fläche eines Taschentuches. Er bestand aus brauner Baumwolle, und Didier musste an die Beschreibung der vermummten Männer beim Brunnen am Plan denken. Dunkle Kapuzenmäntel. Didier steckte den Stoff in die Tasche seiner Uniformjacke.

Eine Weile stand er in Gedanken versunken da. Der Fall hatte eine unerwartete Wende genommen. Was sollte er jetzt mit den drei Deutschen tun? Sie waren zum Zeitpunkt der letzten Tat in Festungshaft gewesen. Wollte er keine Schwierigkeiten mit den deutschen Behörden riskieren, würde er sie wohl freilassen müssen. Ein Gedanke, der ihm gar nicht gefiel ...

In diesem Moment fiel ihm wieder ein, warum er überhaupt ins Lazarett gekommen war.

Er wandte sich erneut an den Arzt: »Doktor, wo finde ich eine Mademoiselle Carolle?«

»Was wollen Sie von der Schwester?«

Didier hasste es, wenn Leute Fragen mit Gegenfragen beantworteten.

»Es hat nichts mit Fleury zu tun«, sagte er barscher als beabsichtigt. »Sagen Sie mir einfach, wo ich sie finden kann.«

Wenige Minuten später betrat er ein Krankenzimmer, in dem mehrere Ärzte, Pfleger und eine Schwester einen Patienten versorgten. Die junge Frau war gerade über das Bett gebeugt, und er sah lediglich ihren Rücken und die langen schwarzen Locken. Sie war von zierlicher Gestalt. Als sie sich jetzt umdrehte, sah er ihre dunklen Augen. Faszinierende Augen, in denen er zu versinken drohte, je näher er der jungen Frau kam.

Was für ein schönes Mädchen, musste er denken, und dann traf ihn die Erkenntnis wie ein Schlag. Alles an diesem Mädchen erinnerte ihn an seine viel zu früh verstorbenen Frau, und er spürte, wie ihn ein Schwindel ergriff. Er musste den Gedanken an seine arme Giselle schnell verdrängen und sich auf das konzentrieren, weswegen er gekommen war.

Er räusperte sich und sagte schließlich: »Sie sind Mademoiselle Carolle?« Er wartete die Antwort nicht ab. »Colonel Anjou von der Militärpolizei. Ich ermittle in einer internen Angelegenheit.« Er sah sie mit drohender Miene an: »Mademoiselle, unterhalten Sie eine intime Beziehung zu einem Deutschen, einem gewissen Adalbert Wicker?«

Wenn er erwartet hatte, dass die junge Frau sich von seiner resoluten Art würde einschüchtern lassen, so sah er sich getäuscht.

Der Blick der jungen Frau verfinsterte sich, und sie trat angriffslustig auf ihn zu. Sie stemmte die Hände in die Hüften und funkelte ihn wütend an.

»Weswegen sind Sie hier, Monsieur?«, fauchte sie.

»Wollen Sie mir etwa Vorhaltungen machen? Ich weiß genau, wer Sie sind! Und es ist eine Unverschämtheit, dass ausgerechnet Sie es wagen, mir mit Moral zu kommen.«

Didier war wie vor den Kopf gestoßen. Die Gesichter aller Anwesenden hatten sich ihnen zugewandt, und er wusste nicht, wie er reagieren sollte.

Unterdessen fuhr die junge Frau mit ihrer Verbalattacke fort: »Und wagen Sie es ja nicht, meinem armen Adalbert Schwierigkeiten zu machen, nur weil wir uns lieben ... Ja, wir lieben uns! Aber davon verstehen Sie natürlich nichts. Sie können sich nicht vorstellen, dass es Menschen gibt, denen die Liebe über alles geht und die alles für diese Liebe tun würden. Jemand wie Sie, der seine Familie in der schwersten Stunde ihres Lebens alleingelassen hat, kann das nicht verstehen. Aber einem solchen Menschen steht es auch nicht zu, über andere zu urteilen! Gehen Sie mir aus den Augen! Ich will Sie nie wieder sehen.«

Damit drehte sie sich um und stürmte davon.

Mit offenem Mund stand Didier da und starrte ihr nach. Noch nie hatte eine Frau so mit ihm gesprochen. Und woher hatte Sie Kenntnisse von seinem Privatleben? Was hatte das zu bedeuten? Didiers Gedanken rasten. Hatte dieser Wicker womöglich Nachforschungen angestellt und seiner Freundin davon berichtet?

Didier wusste nicht, wie lange er so dagestanden hatte. Als er sich schließlich verschämt umblickte, sah er, dass die Schwestern und Ärzte ihre Arbeit wieder aufgenommen hatten und ihn gar nicht mehr beachteten.

Wie ein geprügelter Hund verließ er das Krankenhaus und gab sich seinen dunklen Gedanken hin.

23

Gegen Mittag war Adalbert zu Anjou gerufen worden – das erste Mal seit ihrem letzten Gespräch, als der Colonel ihn so schroff abgewiesen hatte, weil er, Adalbert, es gewagt hatte anzudeuten, dass auch ein Franzose hinter den Taten stecken könnte.

Als er nun vor dem Büro von Colonel Anjou stand, verließ ihn fast der Mut. Große Zweifel befielen ihn – Zweifel an seinen Ansichten, an seiner Einstellung zu den Franzosen, Zweifel auch am Colonel. Warum hatte er sich einen ganzen Tag lang nicht bei ihm gemeldet? Und warum tat er es jetzt? Hatte etwa einer der Gefangenen ein Geständnis abgelegt? Hatte der Colonel also letztlich recht behalten?

Er seufzte tief und beschloss, sich nicht in Spekulationen zu verlieren, sondern einfach in die Höhle des Löwen zu gehen. Zaghaft klopfte er an.

»*Entrez!*«, erscholl es aus dem Inneren.

Adalbert holte tief Luft und trat ein.

»Setzen Sie sich«, knurrte der Colonel und wies auf den Stuhl vor seinem Schreibtisch. Dann widmete der Colonel sich wieder den Papieren auf seinem Schreibtisch, ohne Adalbert eines Blickes zu würdigen. Der rutschte unruhig auf seinem Stuhl hin und her. Schließlich erbarmte sich der Franzose, blickte auf und schüttelte traurig den Kopf. »Ich weiß nicht, wo ich anfangen soll. Es haben sich neue Erkenntnisse ergeben. Und ich brauche Ihre Hilfe …«

Adalbert sah den Colonel überrascht an. Damit war nicht zu rechnen gewesen. Neue Hoffnung machte sich in ihm breit. Offenbar legte der Colonel also noch immer Wert auf eine Zusammenarbeit. Adalbert wartete, dass der Franzose weitersprach.

Dieser räusperte sich zunächst. »Wir haben gestern Morgen die drei Deutschen festgenommen, aber sie leugnen beharrlich und …« Er machte eine Pause, sah auf die Papiere vor sich. »Nun ja, es hat sich in der Nacht ein Zwischenfall ereignet, der den Schluss nahelegt, dass die von Ihnen genannten Personen tatsächlich nicht als Täter infrage kommen.«

»Ein Zwischenfall?« Adalbert konnte nicht verhindern, dass ihm die Erleichterung anzuhören war.

»Freuen Sie sich nicht zu früh«, sagte Anjou. Das sagt noch nichts darüber aus, ob Otto von Karlshagen nicht vielleicht als Drahtzieher oder Anstifter hinter den Morden steckt.« Der Colonel machte eine wegwerfende Handbewegung, bevor er fortfuhr: »Baron zu Hohenstein ist ein bloßer Mitläufer, und der Metzger ist nichts anderes als Karlshagens Kettenhund, der auf Befehl beißt, wenn sein Herrchen es befiehlt. Uns wird leider nichts anderes übrig bleiben, als die drei heute im Laufe des Tages wieder auf freien Fuß zu setzen. Sosehr es mir widerstrebt.«

Adalbert merkte, wie schwer es dem Franzosen fiel, diese Worte zu finden, aber er war zu erleichtert, als dass auch nur der Anflug von Freude darüber aufkam, dass er vielleicht doch recht mit seinen Vermutungen bezüglich des Täters hatte. Dennoch war er noch immer ein wenig misstrauisch. Was war geschehen, das die Freilassung der drei Männer ermöglichte. War es zu einem neuerlichen Mord gekommen? Er hatte nichts dergleichen gehört. Adalbert sah den Colonel erwartungsvoll an.

»Das ist auch einer der Gründe«, fuhr der Colonel schließlich fort, »warum ich Sie hergebeten habe. Sie müssen etwas für mich tun.«

Adalbert ahnte, was Anjou von ihm wollte. »Ich soll die drei noch einmal verhören, bevor Sie sie entlassen. Um herauszufinden, ob sie nicht doch etwas mit den Morden zu tun haben.«

Anjou schüttelte den Kopf. »Nicht ganz. Max Baron zu Hohenstein und dieser Metzger interessieren mich nicht.« Er sah Adalbert ernst an.

»Es geht Ihnen nur um Otto von Karlshagen«, stellte Adalbert fest und nickte. »Mit Verlaub, Colonel, Sie erwähnten einen Zwischenfall, der die drei Männer zu entlasten scheint. Was ist geschehen?«

Anjou holte tief Luft, dann berichtete er ihm, was in der Nacht vorgefallen war. Er schilderte die kuriosen Details: Fleurys metallene Halskrause und den Stofffetzen, den er in Händen hatte, als man ihn halb verblutet auf der Straße fand – Stoff, wie Anjou ausdrücklich betonte, der auf keinen Fall von einer französischen Uniform stammte.

Der Colonel hatte bei diesen Worten in die Schublade seines Schreibtisches gegriffen und den Stoff hervorgeholt. Er legte ihn Adalbert vor, und dieser betrachtete ihn aus der Nähe.

»Nun gut«, sagte Adalbert schließlich. »Dann werde ich mich mal auf den Weg machen und meinem Freund Otto auf den Zahn fühlen.«

Er wollte sich bereits erheben, doch der Colonel hob die Hand.

»Nicht so eilig, junger Mann. Ich habe da noch einen Punkt, den ich ansprechen wollte.«

Adalbert wurde ein wenig mulmig. »Worum geht es?«

»Das will ich Ihnen sagen. Ich erwarte, dass Sie Ihre Begierden im Zaum halten. Sie kennen doch die einschlägigen Vorschriften über intime Verhältnisse zwischen Mitgliedern der deutschen Bevölkerung und Angehörigen der Besatzungsarmee, oder? Und glauben Sie nicht«, unterbrach er Adalberts Versuch aufzubegehren, »Sie könnten leugnen. Ich habe bereits mit Ihrer kleinen Krankenschwester gesprochen, bei der es sich um eine wirklich unverschämte und anmaßende Person handelt. Ich verbiete Ihnen hiermit jeglichen Kontakt mit dieser Person, andernfalls muss ich mir überlegen, ob ich ein Dienstenthebungsverfahren gegen Sie beim Oberkommando einleite. Auch Ihrer Freundin würde es nicht gut bekommen, wenn Sie die Affäre fortsetzen. Haben Sie mich verstanden?«

»Aber ...«

»Ob Sie mich verstanden haben?«

Adalbert sah, dass Widerspruch keinerlei Aussicht auf Erfolg hätte. »Jawohl, *mon colonel*.«

»Gut, das war alles. Sie können sich jetzt auf den Weg zu Ihrem Freund machen.«

Adalbert erhob sich wie benommen und verließ mit hängenden Schultern das Büro.

Die Worte des Colonels gingen ihm immer wieder durch den Kopf, als er sich in den Katakomben der Festung auf dem Weg zu den Zellen befand, in denen die drei Deutschen untergebracht waren. Ein von Colonel Anjou ausgestellter Passierschein gewährte ihm zwar den Zugang zu diesem Trakt, aber die Blicke der französischen Wachsoldaten machten ihm deutlich, dass ein deutscher Besucher ihrer Meinung nach hier eigentlich nichts zu suchen hatte.

Als er die Zelle erreichte, in der Max Baron zu Hohenstein untergebracht war, traf er dort ein heulendes Häufchen Elend an.

»Adalbert, um Gottes willen, helfen Sie mir! Sie müssen mich hier rausholen. Ich habe nichts getan. Bitte, helfen Sie mir!«

Adalbert äußerte sich nicht dazu. Er brummte eine vage Entschuldigung, ging dann weiter hinter dem Wachsoldaten her und versuchte die flehentlichen Rufe zu ignorieren, die ihn noch eine ganze Weile begleiteten. Vor der Zelle angekommen, sah er Otto breitbeinig und mit verschränkten Armen in der Mitte der Zelle stehen. Offenbar war er durch den kleinen Aufruhr seines Kumpans aufmerksam geworden und hatte sich auf Adalberts Ankunft vorbereitet.

Ein verächtliches Lächeln umspielte seine Lippen. »Ah, der Speichellecker der Franzmänner ist gekommen. Jetzt ist mir auch klar, woher die Informationen stammen, die zu unserer Verhaftung geführt haben.«

Adalbert bat den Soldaten auf Französisch, die Zelle aufzuschließen und ihn einzulassen. Als er eintrat und der Wachsoldat die Zellentür hinter ihm wieder schloss, blickte Otto ihn überrascht an. »Nanu, hast du gar keine Angst vor mir? Ich könnte dir etwas antun, und sei es nur, um zu zeigen, wie wir mit Verrätern umgehen.«

Adalbert sah ihm ernst ins Gesicht. »Nein, ich habe keine Angst. Dazu kenne ich dich zu gut. Ich weiß, dass du viel zu schlau bist, um so eine Dummheit zu begehen. Wenn mir hier drinnen etwas passiert, wirst du den Folgen für dich nicht entgehen können.« Er machte eine Pause, bevor er fortfuhr: »Außerdem nicht zuletzt, weil ich gute Nachrichten habe. Nach unserem Gespräch kannst du gehen ... könnt ihr alle drei gehen.«

Ottos Gesichtsausdruck veränderte sich schlagartig. Das überhebliche Grinsen war verschwunden, an seine Stelle war ehrliche Verwunderung getreten. »Was ist passiert? Warum können wir gehen?«

»Sagen wir mal, es hat ... neue Erkenntnisse gegeben, die eure direkte Beteiligung an den Morden unwahrscheinlich machen. Ihr seid noch nicht vollständig vom Haken, aber für den Moment könnt ihr gehen.«

»Was für Erkenntnisse?«, wollte Otto wissen.

»Darüber kann ich dir zu diesem Zeitpunkt nichts sagen. Aber dafür habe ich ein paar Fragen an dich, die du mir noch beantworten musst, bevor du gehen darfst.«

»Was für Fragen?«

»Nun, mich beschäftigt vor allem eine Frage. Wie weit würden du und deine Gefolgsleute gehen, um eure Ansichten bezüglich der französischen Besatzer in die Tat umzusetzen?«

Otto sah ihn verblüfft an. Offensichtlich war er sich nicht sicher, was Adalbert mit der Frage bezweckte.

»Du hast ja mitbekommen, welche Ansichten ich vertrete«, begann er schließlich. »Die Franzosen müssen das Rheinland verlassen. Umgehend. Und dafür werde ich mit allen Mitteln kämpfen. Wenn du mich fragst, was das für Mittel sind, dann kann ich dir guten Gewissens sagen, dass ich auch einen Aufstand anzetteln würde, wenn er denn dem Ziel dienlich wäre. Was ich allerdings nie tun würde, ist, einzelne Soldaten der Besatzerarmee zu ermorden. Weil ich es schlicht für töricht halten würde. Es bringt die Besatzer nur gegen uns auf, ohne an der Sache etwas zu ändern. Wir streben die politische, die große Lösung an. Diese kleinen Nadelstiche machen die Franzmänner nur aggressiv und verhindern mehr, als sie bewirken.«

Adalbert sah seinen Freund nachdenklich an. »Kennst du Leute, denen du so eine Tat zutrauen würdest?«

Erneut erschien das feiste Grinsen auf Ottos Gesicht. Es schien ihm Vergnügen zu bereiten, dass der Kommissar offenbar so naiv war, ihn um Mithilfe zu bitten.

»Da fielen mir ziemliche viele ein«, begann er heiter. »Zuerst einmal alle, die mit der Besetzung des Rheinlandes nicht einverstanden sind.« Er lachte auf. »Und das ist eine beachtliche Anzahl, würde ich sagen. Schließlich denkt nicht jeder wie du.«

Adalbert runzelte verärgert die Stirn. »Verschon mich mit deinen dummen Sprüchen. Wer weist das Gewaltpotenzial oder den erforderlichen Hass auf, um solche Taten zu begehen?«

»Auch da, mein lieber verblendeter Adalbert, gibt es mehr Möglichkeiten, als du an zwei Händen abzählen kannst. Aber lass mich überlegen, was regt den braven Bürger am meisten auf? Was schürt seinen Hass?« Er legte den Zeigefinger an die Lippen und legte die Stirn in Denkerfalten. »Also ... ich tippe auf den Mann, dessen Kinder bei der Nahrungsmittelknappheit vor zwei Jahren verhungert sind ... oder, nein ... vielleicht eher an den Vater, dessen drei jugendliche Söhne bei Verdun gefallen sind und der nun erleben muss, wie sich die Feinde von ehemals als Sieger aufspielen ... oder ... ach ja, noch wahrscheinlicher, der Vater oder Bruder einer jungen deutschen Frau, die von einem dieser Tiere, die die Franzosen in unser Land gebracht haben, vergewaltigt wurde und dann schließlich einen Rheinlandbastard auf die Welt gebracht hat. Such dir einen aus, du hast die freie Wahl. Ich könnte meine Aufzählung noch weiter fortsetzen, aber es langweilt mich.« Mit diesen Worten setzte er sich auf die hölzerne Pritsche und sah Adalbert abwartend an.

Innerlich kochte Adalbert. Er hätte diesem arroganten Schnösel gerne noch ein paar weitere Tage in diesem Loch gegönnt. Stattdessen rang er sich ein Lächeln ab. »Vielen Dank für deine erhellenden Ansichten. Ich kann dir nur raten, dich in Zukunft zu mäßigen, sonst landest du schneller wieder hier, als du es dir vorstellen kannst.«

Um Otto nicht die Genugtuung zu geben, das letzte Wort zu haben, drehte er sich um, gab dem Wachsoldaten einen Wink und verließ raschen Schritts die Zelle.

Als er schon fast am Ende des Korridors war, brüllte Otto ihm nach: »Und wann komme ich nun frei?«

Adalbert wusste, dass dies in zwei Stunden der Fall sein würde. Aber er verspürte keinerlei Bedürfnis, ihn davon in Kenntnis zu setzen. Sollte er wenigstens die zwei Stunden noch vor sich hin schmoren.

24

Er streichelte ihre Wange und sah ihr wehmütig in die großen braunen Augen. »O Liebste, ich bin zum ersten Mal in meinem Leben ratlos. Ich weiß nicht, was ich machen soll.«

Babettes fragender Blick ließ ihn innerlich verzweifeln. Er musste ihr alles erzählen, ohne Rücksicht auf ihre sicherlich verletzten Gefühle. Und gleichzeitig musste er ihr zu verstehen geben, dass seine Gefühle für sie unverändert waren und dass keine Macht der Welt ihn von seiner Liebe abbringen konnte.

»Der französische Colonel hat mich heute zu sich bestellt. Es ging um unsere Verdächtigen im Fall der Soldatenmorde.« Adalbert zögerte. »Aber nicht nur. Als unser Gespräch bereits beendet war, hat er mir plötzlich offenbart, dass er von unserer Liaison weiß. Er hat mir gedroht, mich meines Amtes zu entheben, wenn ich mich nicht von dir trenne.« Sie sah ihn entsetzt an. »Nein, nein, keine Angst, Liebste. Das werde ich selbstverständlich niemals tun. Wenn es erforderlich ist, werden wir fliehen und irgendwo ein neues Leben beginnen.«

Babettes Miene verfinsterte sich. »Dieser verfluchte Anjou!«, stieß sie hervor.

»Du kennst seinen Namen? Woher? Ich habe den Namen nie erwähnt...«

Babette blickte finster vor sich auf die Hände, die Adalbert fest umfasst hielt. Schließlich gab sie sich einen Ruck und begann zu berichten. Adalbert traute seinen Ohren nicht, als Babette ihm zuerst zögerlich und dann immer aufgebrachter von ihrer Begegnung mit Anjou berichtete. Er konnte nicht glauben, dass diese zierliche, junge Frau dem gestandenen Colonel die Stirn geboten haben sollte. Ungläubig schüttelte er immer wieder den Kopf. Wie konnte sie so mit einem hochrangigen Vertreter des Militärs umspringen? Unglaublich! Dennoch hatte er keinen Zweifel, dass Babette die Wahrheit erzählte.

An einer Stelle ihres Berichts wurde er hellhörig. »Was hast du damit gemeint, dass er seine Familie in der schwersten Stunde alleingelassen hat. Was weißt du über die Lebensumstände von diesem Anjou?«

Sie zögerte einen Moment, doch dann fuhr sie fort: »Colonel Anjou hat vor neun Jahren seine Frau alleingelassen, als diese im Sterben lag. Und er hat sich nicht einmal um seine kleine Tochter gekümmert, die daraufhin zu Pflegeeltern kam.«

Adalbert sah sie mit großen Augen an. »Woher weißt du das alles?« Dann sah er die Tränen in Babettes Augen, und es fiel ihm wie Schuppen von den Augen. Babette war zwanzig. Bei Ausbruch des Krieges war sie zehn Jahre alt gewesen. Er wusste natürlich nicht genau, was genau vorgefallen war, aber eins schien festzustehen: »Du bist die Tochter, die er im Stich gelassen hatte. Du bist die Tochter von Colonel Anjou! Aber ... wieso ... wieso hat er dich nicht erkannt?«

Babette wischte sich die Tränen aus den Augen. Ihre Miene wurde wieder zornig. »Mein Vater hatte auch schon vor dem Krieg nicht viel Zeit für die Familie. Wenn ich mich richtig erinnere, habe ich ihn zum letzten Mal gesehen, als ich neun Jahre alt war. Außerdem habe ich den Namen meiner Pflegefamilie angenommen. Ich wollte mit meinem Vater nichts mehr zu tun haben. Ich hatte immer gehofft, ihm nie wieder begegnen zu müssen. Als du von dem deutschfeindlichen Colonel gesprochen hast, hatte ich natürlich keine Ahnung, dass es sich um Anjou handelt.«

Adalbert nahm seine Geliebte fester in die Arme, um sie zu trösten und ihr zu zeigen, dass er für sie da war.

Immer wieder von Schluchzern unterbrochen, erzählte Babette ihm schließlich die Geschichte ihrer Kindheit. Sie berichtete von dem Tod ihrer Mutter, von dem Vater, der nie da war, von der Einsamkeit bei der fremden Pflegefamilie, von ihren Ängsten und Albträumen.

Adalbert konnte gut nachempfinden, dass sie ihrem Vater gegenüber feindlich eingestellt war. Doch er konnte nicht umhin, auch die Seite des Colonel zu sehen. Er selbst hatte zwar nicht gedient, aber er kannte viele Kriegsteilnehmer und wusste um deren Ehrgefühl, die Verpflichtung dem Vaterland gegenüber und die Schwierigkeit, all dies mit dem privaten Leben in Einklang zu bringen. Dennoch konnte er nicht verstehen, wie ein

Vater so wenig Interesse an seiner Tochter haben konnte, wie er damit leben konnte, sie in all den Jahren nicht wiederzusehen.

Als Babette sich einigermaßen wieder beruhigt hatte, setzte sie sich aufrecht hin. Sie wischte sich die Tränen aus dem Gesicht und lächelte ihn tapfer an. Dann fragte sie ihn zu seiner Überraschung nach dem Stand der Ermittlungen.

Als Adalbert von dem neuerlichen Angriff auf einen Soldaten erzählte, wurde Babette hellhörig.

»Dieser Mann liegt bei uns im Lazarett. Ich wusste nicht, dass er von dem Mörder angegriffen wurde. Ich dachte, die Täter seien bereits gefasst. Kann er denn nichts zur Aufklärung beitragen?«

»Der Mann ist noch nicht ansprechbar, leider.«

Adalbert berichtete ihr von dem Stofffetzen und auch davon, dass man die drei festgenommenen Deutschen wieder gehen lassen musste. Es war ein gutes Gefühl, sich endlich alles von der Seele zu reden und mit einem anderen Menschen seine Gedanken und Gefühle austauschen zu können. Er erzählte ihr von seinem ehemaligen Schulkameraden Otto, von den Parolen, die er und seine Kumpane in dem Wirtshaus von sich gegeben hatten, und von der Unterredung mit Otto in den Katakomben der Festung.

Babette sah ihn fragend an: »Und, glaubst du, dass er vielleicht doch etwas mit den Morden zu tun haben könnte?«

Adalbert zuckte mit den Schultern. »Ich weiß nicht

recht. Otto hat gesagt, dass die Morde einzelner Soldaten nur das Gegenteil von dem bewirken, was er und seine Freunde bezwecken. Und er betonte, dass es in Deutschland sehr viele Menschen gebe, die aus unterschiedlichsten Gründen ein Motiv hätten, zu derart drastischen Maßnahmen zu greifen. Er erwähnte, dass viele deutsche Frauen vergewaltigt worden seien, deren Kinder anscheinend als ›Rheinlandbastarde‹ bezeichnet werden …«

»Was sagst du da?«, fiel Babette ihm ins Wort.

Adalbert zuckte mit den Schultern. »Otto hat mir von diesen sogenannten Rheinlandbastarden erzählt. Wieso?«

»Der Begriff fällt bei uns im Lazarett häufiger«, sagte Babette und sah gedankenverloren vor sich hin.

Adalbert sah sie neugierig an. »Was genau bedeutet er?«

Babette zögerte. Es fiel ihr nicht leicht, darüber zu sprechen. »Die Deutschen bezeichnen die Kinder, die die afrikanischen Soldaten mit deutschen Frauen zeugen als Rheinlandbastarde«, sagte sie schließlich. »Ich habe schlimme Sachen gehört, was die Deutschen, aber auch Franzosen mit diesen Kindern machen.«

Sie senkte den Blick.

Adalbert überlief ein Frösteln. »Wenn du nicht darüber reden möchtest, musst du es nicht tun. Mit unseren Mordermittlungen hat es ja auch nichts zu tun.«

Sie sah ihn traurig an. Dann schüttelte sie den Kopf. »Da bin ich mir nicht so sicher, *chéri*. Ich habe vor einigen Tagen etwas Furchtbares mitbekommen, und ich könnte mir vorstellen, dass es sehr wohl etwas mit den Morden zu tun hat.«

Sie berichtete ihm von der Nacht, als sie mit anhören musste, wie einer jungen Frau ihr neugeborenes Kind weggenommen wurde. »Ich kann es nicht beweisen, aber ich vermute, dass es sich bei diesem Kind um einen ›Rheinlandbastard‹ gehandelt hat. Ich mag nicht daran denken …«, ihr stiegen erneut die Tränen in die Augen, »… was sie mit dem Kind gemacht haben.«

»Die arme Mutter. Wenn ich mir vorstelle, dass man meiner Schwester so etwas antun würde …«

Babette sah ihn mit feuchten Augen an. »Vergiss auch nicht die armen Väter. Zu einem Kind gehören immer zwei.«

Adalbert nahm sie in den Arm und drückte sie fest an sich.

25

Didier war mehr als gespannt auf Wickers Bericht, den dieser ihm heute Morgen liefern würde. Er hatte bereits gehört, dass Wicker mit Otto von Karlshagen gesprochen hatte, aber der anwesende Wachsoldat verstand zu wenig Deutsch, als dass er der Unterhaltung hätte folgen können.

Zwei Stunden nach der Befragung waren die drei Deutschen entlassen worden. Aber Didier traute dem Frieden nicht und hatte den Geheimdienst beauftragt, die drei im Auge zu behalten. Er wollte sich später nicht vorwerfen müssen, dass er zu leichtfertig auf den deutschen Ermittler gehört hatte.

Als sein Adjutant Wicker ins Büro führte, bemerkte er sofort, dass den jungen Kriminalbeamten etwas bedrückte. Was hatte er herausgefunden? War sein ehemaliger Freund doch nicht so unschuldig?

Didier lehnte sich zurück und sah Wicker prüfend an. »Nun? Ich höre!«

Wicker räusperte sich. »Ich habe mit Otto gesprochen«.

»Das ist mir bekannt. Und?«

»Es war sehr aufschlussreich.«

»Inwiefern?« Himmel, musste man dem Jungen denn jedes Wort aus der Nase ziehen!

»Ich glaube nicht, dass Otto von Karlshagen mit den Morden etwas zu tun hat.«

»Und was macht Sie da so sicher?«

»Er hat mit klipp und klar gesagt, dass er nicht glaubt, dass die Ermordung einzelner französischer Soldaten ihrer Sache nützt.«

»So? Und wem nützen diese Morde dann? Hat Ihr Freund dazu auch eine so dezidierte Meinung?«

Adalbert nickte ernst, bevor er fortfuhr. »Er denkt, dass sehr viele Deutsche ein Motiv hätten für derart schreckliche Morde.«

Das war es also! Deshalb ist er so bedrückt. Er hat eingesehen, dass es Deutsche waren und seine Theorie von den mordenden Franzosen gänzlich abwegig war.

»Und welche Motive sind das, wenn ich fragen darf?«

»Nun, also ... da wäre zuerst einmal das nachvollziehbare ... also ich meine ... das naheliegende Motiv der Ablehnung der ... Besetzung des Rheinlandes an sich, also ...«

Didier wedelte ungeduldig mit der Hand. »Jetzt vergessen Sie mal für einen Moment, dass ich französischer Offizier bin. Berichten Sie, was dieser arrogante Adlige gesagt hat, als würden Sie es einem deutschen Freund erzählen. Sie werden von mir keine Vorwürfe zu hören bekommen. Also ... freiheraus, und lassen Sie nichts aus.«

Wicker schien nicht ganz vom Wahrheitsgehalt dieser Aussage überzeugt zu sein, aber dann berichtete er, was der Gefangene ihm erzählt hatte.

Als das Thema »schwarze Schmach« und »Rheinlandbastard« zur Sprache kam, trommelte Didier nervös mit den Fingern auf den Schreibtisch.

»So ein hanebüchener Unsinn!«, knurrte er. »Die meisten unserer Kolonialsoldaten sind schon seit zwei Jahren wieder in ihrer Heimat, weil sie das Klima im Winter hier nicht vertragen haben. Und wenn ich den Berichten unseres Geheimdienstes Glauben schenken darf, dann sind die Deutschen selbst die ärgsten Feinde der Bastardgeburten und würden sie am liebsten eigenhändig im Rhein ersäufen. Wie kann das ein Motiv sein, weißhäutige Franzosen zu ermorden? Blödsinn!«

Als Didier merkte, dass er immer lauter wurde, mäßigte er sich augenblicklich. Er räusperte sich schließlich und sah Wicker fast entschuldigend an.

Der fuhr indes unbekümmert fort. »Ich würde diese Theorie nicht einfach von der Hand weisen, Colonel. Wir sollten den Aspekt zumindest weiterhin im Auge behalten.«

Anjou sah Wicker erstaunt an. Aber der junge Deutsche war noch nicht fertig.

»Ich habe eine Theorie«, sagte er, »die ich aber zuerst überprüfen möchte, bevor ich Sie Ihnen unterbreite. Ich möchte Sie nur bitten, mir freie Hand bei den Ermittlungen zu lassen.« Als er Didiers skeptischen Blick sah, beeilte er sich anzufügen: »Vertrauen Sie mir, Colonel! Wir verfolgen beide dasselbe Ziel. Auch ich will diesen feigen Mörder fassen, genau wie Sie. Einerlei, ob es ein Deutscher ist oder ein Franzose. Ja, selbst wenn es ein Bekannter oder ein ehemaliger Freund wäre. Mörder ist Mörder, und ich kenne dabei keine Freunde und auch keine Nationalität.«

Didier biss die Zähne zusammen. Die Worte des Jungen klangen überzeugend. Warum sollte er ihm also nicht vertrauen?

Er nickte. »Also gut, ich lasse Ihnen freie Hand. Allerdings erwarte ich, dass Sie mich unverzüglich unterrichten, wenn Sie etwas herausfinden, das Ihren ominösen Verdacht entweder erhärtet oder entkräftet. Haben Sie mich verstanden?«

»Selbstverständlich. Ich danke Ihnen, Colonel. Sie werden es nicht bereuen.«

Er erhob sich. »Ich werde Sie sofort unterrichten, wenn ich etwas herausgefunden habe«, sagte er. Er nickte Didier zu, wandte sich ab und verließ den Raum.

Noch bevor Didier etwas sagen konnte, war Wicker verschwunden. Der Colonel schüttelte den Kopf über das selbstbewusste Auftreten des jungen Mannes, bis ihm siedend heiß einfiel, dass er es versäumt hatte, eine wichtige Frage zu stellen, die ihm auf den Nägeln brannte: Hatte der Deutsche seine Beziehung zu der französischen Krankenschwester eingestellt oder nicht?

26

Sie war froh, dass Adalbert ihr kein Versprechen abgerungen hatte, nicht weiter nachzuforschen, was mit den Neugeborenen passierte, die den Frauen im Lazarett entrissen wurden. Denn die Sache ließ ihr einfach keine Ruhe. Sie musste wissen, was da vor sich ging. Der Einzige, den sie fragen konnte, war ihr Freund Gérard. Sie war sich sicher, dass er mehr wusste, als er ihr bislang erzählt hatte. Babette hoffte, dass sie ihn würde überreden können, sein Geheimnis mit ihr zu teilen, was immer es auch war.

»*Salut*, Babette, wie geht's?«

Gérards Stimme hatte sie erschreckt, und sie zuckte heftig zusammen an ihrem Tisch in der Kantine.

Gérard hob entschuldigend die Hände und sah sie erstaunt an. »*Mon Dieu*, warum so schreckhaft?«

Sie rang sich ein Lächeln ab. »Entschuldige, ich war in Gedanken.«

Gérard lächelte ebenfalls, er ging um den Tisch und setzte sich ihr gegenüber: »Was liegt dir auf dem Herzen? Kann ich dir irgendwie helfen?«

Auf dieses Stichwort hatte Babette gewartet. Sie nickte. »Vielleicht kannst du das in der Tat«, begann sie. Sie sah ihn forschend an. »Du bekommst doch viel mehr von dem mit, was hier so im Lazarett passiert. Es gibt da etwas, das ich wissen muss.«

Gérard versteifte sich bei dieser Ankündigung, sein Gesicht nahm einen verschlossenen Ausdruck an.

»Um was geht es, Babette?«, fragte er misstrauisch.

Sie lächelte ihn an. »Darf ich dir ein Glas Wein einschenken?«, fragte sie leichthin.

Gérards Miene veränderte sich augenblicklich. »Na klar, gerne.«

Babette füllte zwei Gläser mit dem jungen Bordeaux, den sie wohlweislich bereits bestellt hatte. Sie stießen an und nahmen jeder einen Schluck.

Es kostete sie große Überwindung, aber es führte kein Weg daran vorbei, deswegen ging sie das Thema direkt an.

»Gérard, was passiert mit den Neugeborenen, die die Soldaten hier im Lazarett den deutschen Frauen wegnehmen?«

Gérard hatte gerade erneut an seinem Glas genippt. Er verschluckte sich und bekam einen Hustenanfall. Als er wieder Luft holen konnte, blickte er sich zuerst unsicher um und fuhr Babette dann leise zischend an: »Nicht so laut! Bist du wahnsinnig? Wenn dich jemand hört!« Erneut blickte er sich nach allen Seiten um. Aber die Kantine war fast leer, niemand schien sich für die beiden zu interessieren.

Gérard schien erleichtert. Dann beugte er sich vor, ergriff Babettes Hand und drückte sie fest. »Bitte versprich mir, dass du dieses Thema nie wieder ansprichst, geschweige denn versuchst, etwas darüber herauszufinden. Bitte, versprich es mir!«

Babette zog ihre Hand aus der seinen und lehnte sich auf ihrem Stuhl zurück. Sie sah ihn herausfordernd an. »Warum sollte ich? Sag mir, was da vorgeht, Gérard.«

Er schüttelte in einer energischen Geste den Kopf. »Du verstehst das nicht, Babette. Das ist etwas, über das nicht gesprochen werden darf. Ich weiß auch nicht viel, aber wenn ich dir sage, was ich weiß, bringe ich dich in Lebensgefahr. Bitte, bitte, rühr nicht mehr an diese Sache, und frag nicht weiter!«

Seine Stimme hatte einen verzweifelten, bettelnden Tonfall angenommen, er schien den Tränen nahe. Babette sah ihn verwundert an. Gérard war ihr Freund, sie wollte ihn auf keinen Fall in Schwierigkeiten bringen. Andererseits kamen ihr seine Ängste ziemlich übertrieben vor. Wer sollte ihr nach dem Leben trachten? Schließlich war sie Französin, eine Landsmännin, und musste keine Angst vor ihren eigenen Landsleuten haben. Doch ihr war klar, dass sie aus Gérard nicht mehr herausbekommen würde. Also beugte sie sich vor und sah ihm mit einem aufmunternden Lächeln in die Augen.

»Nun gut, wenn du meinst. Ich lasse die Finger von dieser Sache und werde nicht weiter fragen. Bist du dann beruhigt?«

Gérard betrachtete sie misstrauisch. »Versprochen?«

»Großes Ehrenwort. Ich möchte nicht, dass du Schwierigkeiten bekommst.«

»Danke.« Gérard seufzte tief.

Nun war es Babette, die seine Hand ergriff und drückte. »Das ist doch selbstverständlich unter Freunden«, sagte sie, doch mit den Gedanken war sie bereits woanders. Selbstverständlich würde sie nicht von ihrem Plan Abstand nehmen, das Geheimnis um die gestohlenen Kinder aufzuklären. Dann eben ohne Gérards Hilfe. Sie musste lediglich aufpassen, dass er nichts davon mitbekam. Sie hatte auch schon eine Idee.

27

Weidung war noch nicht da, als Adalbert zum Rapport bei ihm im Büro erschien. Das war ungewöhnlich, da der Kriminalrat normalerweise als einer der ersten Männer in der Dienststelle erschien. Adalbert hoffte, dass das kein schlechtes Zeichen war. Sofort schoss ihm durch den Kopf, dass der Kriminalrat womöglich zum Oberkommando der Besatzungstruppen zitiert worden war, seinetwegen ...

Adalbert wurde von Minute zu Minute nervöser. Dann endlich wurde die Tür aufgerissen, und ein abgehetzt wirkender Kriminalrat humpelte herein, so schnell es sein Holzbein zuließ.

Adalbert erhob sich pflichtschuldigst. Er befürchtete das Schlimmste, aber als Weidung anfing, sich zu entschuldigen, dass er eine fürchterliche Nacht gehabt und deshalb verschlafen habe, dass es nicht seine Art sei und Adalbert entschuldigen müsse, ließ Adalbert sich erleichtert wieder auf den Stuhl sinken.

Weidung setzte sich hinter seinen Schreibtisch, legte sein Holzbein auf den Schemel und wischte sich mit einem Taschentuch die Schweißperlen von der Glatze. Dann verschränkte er die Hände vor sich auf dem Schreibtisch.

»Nun, junger Mann, was haben Sie mir zu berichten?«,

sagte er. »Ich hoffe, nur Gutes?« Er sah Adalbert erwartungsvoll an. »Los, Mann, berichten Sie!«

Also erstattete Adalbert Bericht. Er begann mit den Erkenntnissen zur Person des mutmaßlichen Täters, die Professor von Hohenstetten aus den Wunden der Opfer gewonnen hatte. Dann kam er zu dem Verdacht gegen seinen ehemaligen Schulkameraden Otto von Karlshagen sowie zu dem gescheiterten Mordanschlag auf Sergent Fleury, der noch immer bewusstlos war und noch keine Aussage hatte machen können. Schließlich unterbreitete er dem Kriminalrat seine eigene Theorie, dass die Morde vielleicht mit der »schwarzen Schmach« zu tun haben könnten.

Bislang hatte Weidung mit gleichgültiger Miene zugehört, doch kaum hatte Adalbert die Worte »schwarze Schmach« über die Lippen gebracht, als sich seine Gesichtszüge verfinsterten. Er hieb mit der flachen Hand auf seinen Schreibtisch, dass Adalbert erschrocken zusammenzuckte.

»Was reden Sie da, Mann?«, fuhr Weidung ihn an.

»Mit Verlaub?«

»Schwarze Schmach? Sind Sie noch ganz bei Trost? Sie können dieses Thema doch nicht bei Colonel Anjou ansprechen. Himmel Herrgott, was haben Sie getan? Die werden mich holen und an die Wand stellen!« Er funkelte Adalbert wütend an.

Adalbert wollte sich erklären, aber Weidung ließ ihn nicht mehr zu Wort kommen.

»Sie gehen sofort zu Colonel Anjou und entschuldigen

sich. Suchen Sie Beweise, dass Ihr Freund der Täter ist, und dann liefern Sie ihn den Franzosen aus.«

»Aber ...«

»Kein Aber, verdammt noch mal! Tun Sie gefälligst, was ich Ihnen sage.«

Adalbert schloss für einen Moment die Augen. Er war nicht gewillt, kampflos das Feld zu räumen. Hatte er noch etwas zu verlieren? Einerlei, er musste es wagen. Er öffnete die Augen und bemühte sich, Weidung unerschrocken in die Augen zu sehen.

»Mit Verlaub, ich muss einige Dinge klarstellen, bevor Sie von falschen Voraussetzungen ausgehen, Herr Kriminalrat. Ich habe meine Theorie mit dem Colonel besprochen, und wir waren uns einig, dass ich diese Spur weiterverfolgen sollte.«

Das entsprach zwar nicht ganz der Wahrheit, aber Adalbert glaubte, dass sich diese Notlüge vertreten ließ. Sie zeitigte die gewünschte Wirkung. Weidung sah ihn mit großen Augen an.

»Der Colonel teilt Ihre Meinung?«, fragte er ungläubig.

»Nun, der Colonel äußerte seine Zweifel. Er selbst glaubt nicht an diese Möglichkeit. Aber er stimmte mir dahin gehend zu, dass man sie nicht vollständig außer Acht lassen sollte. Deshalb soll ich weiter auch in dieser Richtung ermitteln.«

Nicht alles, was er seinem Vorgesetzten mit fester Stimme vorgetragen hatte, entsprach dem exakten Wortlaut seiner Unterredung mit Anjou. Aber Anjou hatte ihm freie Hand gelassen, und das, obwohl er wusste, welche

Ansichten er, Adalbert, vertrat. Das musste als Rechtfertigung genügen.

Adalbert sah, wie es in Weidung arbeitete. Man konnte ihm seine Gedanken förmlich von der feuchten Stirn ablesen. Er rechnete sich aus, dass er eine gute Chance hatte, heil aus dieser leidigen Angelegenheit herauszukommen. Wenn etwas schiefging, konnte er die Schuld jederzeit auf ihn, den Neuling, schieben. Adalbert war der ideale Sündenbock.

Aber selbstverständlich war er nicht so blauäugig, einfach auf Adalberts Wort zu vertrauen. »Nun gut«, sagte er daher, »ich verstehe zwar nicht, wie Sie das mit dem Colonel hinbekommen haben, aber das ist mir letztendlich egal. Sie schreiben mir sofort einen Bericht, in dem Sie alles genau dokumentieren und mich auf den aktuellen Stand bringen. Ich erwarte den Bericht in ...«, er zog seine Taschenuhr aus der vor seinem Bauch spannenden Weste, »... zwei Stunden, also spätestens um zehn.«

Adalbert nickte schicksalergeben. Natürlich. Der Kriminalrat wollte sich absichern, und dazu brauchte er etwas Schriftliches. Aber das war nun nicht zu ändern.

»Wenn das alles war ...?«, begann er schließlich. Er wollte so schnell wie möglich raus aus diesem unseligen Büro.

Der Kriminalrat wedelte nur mit der Hand und wandte sich einem Aktenordner zu, der auf seinem Schreibtisch lag. Die Unterredung war offensichtlich beendet.

Adalbert erhob sich. »Sie haben meinen Bericht in allerspätestens zwei Stunden.«

Damit eilte er aus dem Büro, bevor dem Mann doch noch irgendetwas einfiel.

Der Bericht würde Zeit in Anspruch nehmen, denn er musste auf der Schreibmaschine geschrieben werden, und Adalbert war in ihrer Bedienung noch nicht unterwiesen worden. Sowohl auf der Polizeiwache in Daun als auch in der Polizeischule war ausschließlich mit der Hand geschrieben worden. Adalbert wandte sich daher Hilfe suchend an den Büroschreiber.

Kagel hatte sich nach eigenem Bekunden anfangs ebenfalls schwergetan, auf den lauten Maschinen herumzuhacken. Doch dann hatte er sich schnell daran gewöhnt, und jetzt genoss er die Vorteile der neuen Technik. Inzwischen hatte er es zu einer beachtlichen Geschwindigkeit gebracht, wie Adalbert neidlos anerkennen musste.

Seit zwanzig Minuten diktierte er dem Mann. Er lief hinter Kargels Schreibtisch auf und ab und versuchte, seine Gedanken zu ordnen. Als Adalbert schließlich zu dem Thema »schwarze Schmach« und »Rheinlandbastard« kam, brach Kargel abrupt ab. Er wandte sich um, sah Adalbert nervös an.

»Verzeihen Sie, Herr Wicker. Aber ... das können Sie doch nicht in einem Bericht schreiben!«

Adalbert sah ihn verwundert an. »Warum nicht?«

»Weil ... weil ...« Kargel suchte nach Worten. »Wie soll ich Ihnen das erklären?« Er schüttelte wieder verzweifelt den Kopf.

Adalbert nahm sich einen Stuhl und setzte sich neben

Kargel. Er lächelte den Untergebenen freundlich an, um ihm zu zeigen, dass er frei sprechen könne.

»Wie stehen Sie zu den französischen Besatzern?«, sagte Kargel schließlich und sah ihn unsicher an.

Adalbert überlegte nicht lange: »Ich weiß Ihre Offenheit zu schätzen, und ich will daher auch offen reden. Nun, ich mag die Franzosen. Ich habe sogar eine Französin als Freundin.«

Kargel sah ihn mit großen Augen an.

Adalbert senkte die Stimme, als er fortfuhr: »Was ich Ihnen hier erzähle, muss selbstverständlich unter uns bleiben. Meine politische Meinung würde dem Kriminalrat nicht gefallen, denn ich bin ein großer Befürworter der Republik. Ich stehe der SPD nahe und verurteile das, was Kaiser Wilhelm mit diesem unseligen Krieg angezettelt hat. Ich denke auch, dass Colonel Anjou inzwischen bemerkt hat, wie ich zu ihm und der Besatzungsmacht stehe, und dass ich genau das Gegenteil eines Franzosenhassers bin.« Adalbert unterbrach sich. Er wies auf die Schreibmaschine. »Was ich Ihnen bisher diktiert habe, entspricht nicht ganz den Tatsachen. Es ist eine für Kriminalrat Weidung geschönte Version. Aber ich bin sehr wohl überzeugt, dass ich mit meinen Vermutungen richtigliege.«

Als Kargel ihn nur sprachlos ansah, bemühte er sich um einen heiteren Ton. »Ich zähle natürlich auf Ihre Verschwiegenheit. Kein Wort gegenüber Weidung, sonst ist meine Karriere in Coblenz schlagartig beendet!«, sagte er mit einem Lächeln.

Schließlich fand der alte Mann die Sprache wieder. »Natürlich, natürlich«, sagte er. »Nichts liegt mir ferner, als unserem werten Vorgesetzten, der ganz offensichtlich ein treuer und unbelehrbarer Monarchist ist, auch nur ein Sterbenswörtchen von unserer Unterhaltung zu berichten. Damit Sie mich besser verstehen und, vor allem, mir auch glauben, muss ich Ihnen ein wenig über mich erzählen. Es sind Dinge, die hier in der Dienststelle nur wenige wissen. Ich ...«

Adalbert bemerkte zu seiner Verwunderung, dass der alte Mann mit den Tränen rang. Er legte ihm eine Hand auf den Arm. »Sie müssen mir nichts Privates erzählen, wenn es Ihnen so schwerfällt.«

»Doch, doch, Sie haben ein Recht darauf, es zu erfahren, Sie waren auch offen zu mir. Ich ... hatte einen Sohn und zwei Enkel. Das war meine Familie, seit meine Frau vor fünfzehn Jahren an einem schweren Fieber gestorben ist. Mein Sohn ist im Dezember 1916 in der Schlacht von Verdun gefallen und meine beiden Enkel achtzehn Monate später in Amiens. Aber ich mache nicht die Franzosen dafür verantwortlich, beileibe nicht. Es sind so viele junge Männer auf beiden Seiten gefallen, die auch Väter, Ehefrauen oder Kinder hatten, und ich fühle den Schmerz mit ihnen. Ich habe die Politik des Deutschen Reiches dafür verdammt, allem voran unseren Kaiser. Ich hoffe, dass er in seinem Exil verrottet und die Republik erfolgreich dafür Sorge trägt, dass sich so ein ungeheuerlicher Krieg nicht wiederholt.«

Kargel unterbrach sich und saß einen Moment schweigend da, während die Tränen über seine Wangen flossen. Adalbert nutzte die Gelegenheit, sprang auf und holte ein Glas Wasser, das der alte Mann dankbar lächelnd annahm. Nachdem er sich in ein altes, schmutziges Taschentuch geschnäuzt hatte, fuhr er mit leiser Stimme fort. »Sie wollten wissen, was es mit der ›schwarzen Schmach‹ und den ›Rheinlandbastarden‹ auf sich hat. Nun, das ist ein sehr trauriges Kapitel unserer jüngeren Geschichte. Sie wissen sicher schon, dass mit der ›schwarzen Schmach‹ der Einsatz der afrikanischen Soldaten aus den französischen Kolonien gemeint ist. Ich habe nie verstehen können, wie angeblich gottesfürchtige Menschen andere Menschen aufgrund der Hautfarbe als ›Tiere‹ bezeichnen können ... aber genau das ist zurzeit in Deutschland der Fall. Ich weiß nicht, ob es wirklich stimmt, dass so viele Vergewaltigungen auf das Konto der Utschebebbes gehen, aber ...« Er unterbrach sich, als er Adalberts fragenden Blick sah. Erstmals seit Beginn ihrer Unterhaltung lachte er kurz auf. »Sie kennen das Wort Utschebebbes nicht? So werden hier und vor allem in der Mainzer Gegend die dunkelhäutigen Soldaten genannt. Was keine Beleidigung sein soll ... Wie dem auch sei, ich glaube nicht, dass die Utschebebbes mehr Vergewaltigungen begehen als die weißhäutigen Franzosen oder die Deutschen. Das, was man allgemein als ›Rheinlandbastard‹ bezeichnet, soll das Ergebnis einer solchen Vergewaltigung sein. Ein Kind, das einer guten deutschen Frau gegen ihren Willen von einem *Tier* gemacht wurde ...« Kargel schüttelte den Kopf. »Kein Mensch scheint es für möglich zu halten, dass sich eine weißhäutige Frau auch in einen schwarzhäutigen Mann verlieben könnte. Also sind für diese Leute alle Mischlingskinder Rheinlandbastarde, vor allem natürlich für die Franzosenhasser.« Er hielt einen Moment inne, bevor er fortfuhr. »Aber das Schlimmste ist, was diese Unmenschen mit den Kindern anstellen …« Er zögerte erneut, als wage er nicht, es auszusprechen. »Sie ersäufen sie wie lästige Katzenjunge.«

Adalbert spürte, wie ihn ein Frösteln überlief. Was waren das für Unmenschen, die so etwas taten? Er versuchte das Gehörte zu verarbeiten und sah gedankenverloren vor sich hin. Dann wandte er sich wieder an den Büroschreiber.

»Können Sie sich vorstellen, Herr Kargel, dass die Kindstötungen als Motiv für die Morde an den Franzosen infrage kommen?«

»Oh, das kann ich mir sehr gut vorstellen. Wissen Sie, ich habe schon ein paarmal gehört, dass solche Kinder entweder von Deutschen oder von Franzosen ihren Müttern unmittelbar nach der Geburt weggenommen wurden. Wenn das kein Motiv für solche Morde ist, weiß ich es auch nicht. Stellen Sie sich vor, Sie wären der Vater oder der Bruder einer solchen armen Frau. Würden Sie sich nicht an denen rächen wollen, die Ihrer Tochter oder Ihrer Schwester so etwas angetan haben?« Adalbert nickte. »Das würde auch erklären, warum man sich an den weißen Franzosen rächt und nicht an schwarzen, denn sie sind es, die den deutschen Frauen die Kinder wegnehmen.«

Wieder sah Adalbert vor sich hin und dachte konzentriert nach. Er musste herausfinden, wer diese Frauen waren, denen die Franzosen die Kinder weggenommen hatten, und dann in ihrem persönlichen Umfeld nach möglichen Tätern suchen. Das schien ihm momentan die aussichtsreichste Spur zu sein, der er folgen konnte.

»Danke, Herr Kargel, Sie haben mir sehr geholfen.« Er erhob sich. »Aber jetzt lassen Sie uns diesen unseligen Bericht fertigstellen, damit unser hoher Vorgesetzter beruhigt ist und später alle Schuld auf mich schieben kann.« Er lächelte Kargel freundlich an.

Der wandte sich wieder der Schreibmaschine zu. »Ich wäre so weit«, sagte er und hielt die Finger über der Tastatur.

Adalbert betrachtete einen Moment stumm den Büroschreiber. Der Mann war immer wieder für eine Überraschung gut. Und er verfügte offenkundig nicht nur über großes Wissen, sondern auch über ein großes Maß an Menschlichkeit.

28

Die Sache ging ihr nicht mehr aus dem Kopf. Sie musste unbedingt mehr über die Frau erfahren, der vor etwas mehr als zwei Wochen das Kind weggenommen worden war. Sie wusste nur noch nicht, wie sie das anstellen sollte. Selbstverständlich wurden Akten und Karteien über die Patienten des Lazaretts geführt. Aber die befanden sich im Büro der Oberschwester, und das Büro war selbstverständlich verschlossen, wenn sie sich nicht darin aufhielt.

Oberschwester Louise war Leiterin des Lazaretts. Eine strenge und misstrauische Person. In ihren Augen waren alle verdächtig. Stets argwöhnte sie, dass jemand Medikamente stehlen könnte, und es war ihr ein Dorn im Auge, wenn die Schwestern trödelten oder sich über private Dinge unterhielten oder gar miteinander lachten. Den Schlüssel für ihr Büro trug sie ständig an einer Kordel um den Hals, und selbst der Oberarzt durfte nur in ihrer Begleitung in ihr Büro. Wie sollte sich Babette also unbemerkt Zutritt zu ihm verschaffen?

Sie überlegte, ob sie den Schlüssel irgendwie an sich bringen und ein Duplikat anfertigen lassen könnte. Doch ihr wollte beim besten Willen nicht einfallen, wie sie das hätte anstellen sollen. Sollte sie der Oberschwester in ihre private Wohnung folgen, warten, bis sie schlief, und dann ...? Aber allein der Gedanke, von ihr entdeckt zu werden, jagte Babette einen Schauer des Entsetzens über den Rücken.

Babette musste sich jemandem anvertrauen, der ihr helfen könnte. Gérard schied aus. Sie hatte ihm versprochen, die Finger von der Sache zu lassen, und sie wollte ihn unbedingt in dem Glauben lassen, dass sie sich daran hielt. Zu keinem anderen Mitarbeiter aber hatte sie ein so freundschaftliches Verhältnis wie zu Gérard. Ein Arzt hätte ihr am leichtesten helfen können. Er hätte Oberschwester Louise ablenken oder unter einem Vorwand aufhalten können. Aber sie kannte keinen Arzt gut genug, als dass sie ihn in eine derart brisante Angelegenheit mit hineinziehen konnte.

Den ganzen Vormittag konnte Babette an nichts anderes denken, und sie wollte fast verzweifeln – als ein unerwartetes Ereignis ihr doch noch die Lösung brachte.

Es war früher Nachmittag, als ein kleiner Aufruhr entstand, der Babettes Aufmerksamkeit erregte. Ein Offizier in Begleitung von zwei Soldaten kam ins Lazarett gestürmt und verlangte, den verantwortlichen Arzt zu sprechen. Babette hatte keine Ahnung, worum es ging, aber die Angelegenheit weckte ihre Neugier. Sie schnappte sich Bettwäsche zum Wechseln und folgte den Soldaten so unauffällig wie möglich.

Als eine andere Schwester den Offizier und seine Begleiter zum diensthabenden Arzt geführt hatte, machte

Babette sich daran, in der Nähe ein leeres Bett neu zu beziehen. Sie tat geschäftig, versuchte aber, so viel wie möglich von dem Gespräch mitzubekommen.

Das war nicht schwierig, da der Offizier keine Anstalten machte, die Stimme zu senken, als er sich vor dem Arzt aufbaute. »Capitaine Dupré vom militärischen Geheimdienst«, stellte er sich vor. »Wir sind hier wegen Louise Allègre. Sie muss uns zur Dienststelle folgen, wo sie befragt werden soll.«

Babette schnappte nach Luft. Es ging um die Oberschwester. Aber warum wollten sie sie mitnehmen? Babette konnte sich keinen Reim darauf machen.

Der Capitaine fuhr unterdessen fort: »Sie bringen uns jetzt unauffällig zu ihr und tragen dafür Sorge, dass sie mit niemandem spricht oder Nachrichten austauscht. Ist das klar?«

Der Arzt war nicht weniger schockiert als Babette. Er nickte dienstbeflissen. »Bitte folgen Sie mir, ich bringe Sie zu ihr. Aber was wird ihr denn vorgeworfen?«

Der vernichtende Blick des Offiziers ließ ihn verstummen. Ohne ein weiteres Wort führte er die Gruppe auf den Korridor, und Babette folgte ihnen in sicherem Abstand. Beim Büro der Oberschwester angekommen, klopfte der Arzt an, wurde von einem der Soldaten aber sofort zurückgerissen. Der Offizier trat vor und stieß die Tür auf.

»Was fällt Ihnen ein!«, erscholl von innen die Stimme der Oberschwester. Was der Geheimdienstoffizier zu ihr sagte, drang nicht bis nach draußen. Babette wollte nicht näher herantreten, um nicht Gefahr zu laufen, entdeckt zu werden. Doch die Sorge erwies sich als unbegründet, da im nächsten Moment der Offizier mit einer laut protestierenden und schimpfenden Oberschwester erschien, die er mit starker Hand am Arm neben sich herzog.

Babette sah den Soldaten nach, wie sie mit der Oberschwester über den Korridor Richtung Ausgang liefen. Der Arzt folgte ihnen, redete auf den Capitaine ein, doch der zeigte keinerlei Reaktion. Einen Moment später waren sie verschwunden, und auf dem Korridor war alles wieder still.

Babette konnte ihr Glück kaum fassen. Die Tür zum Büro stand noch immer offen, und keine Menschenseele weit und breit.

Ohne sich lange zu besinnen, huschte sie hinein und schloss die Tür hinter sich. Erst jetzt bemerkte sie, dass ihre Hände zitterten wie Espenlaub. Sie versuchte sich zu beruhigen, holte tief Luft. Dann sah sie sich in dem Raum um. An der Wand hinter dem Schreibtisch der Oberschwester befand sich ein halbhoher Stahlschrank mit kleinen Schubfächern, von denen sie probeweise ein Fach herauszog. Es handelte sich, wie erwartet, um die Patientenkartei. Sie zog eine Karte heraus, die oben links ein großes, geschwungenes »H« aufwies. Darunter fand sich der Name René Harcourt, das Geburtsdatum und darunter in kleinerer Schrift Daten von Aufenthalten im Lazarett sowie der jeweilige Grund und die Behandlung. Babette schätzte, dass allein in der einen Schublade mindestens fünfzig solcher Karten steckten. Sie trat einen

Schritt zurück und betrachtete den Schrank. Eins, zwei, drei, vier, fünf, sechs, sieben Schubladen übereinander zählte sie und von links nach rechts insgesamt achtzehn Reihen. Das machte hundertsechsundzwanzig Schubladen. Bei fünfzig Karten pro Schublade ergab das … Sie überschlug die Zahl im Kopf … über sechstausend Karteikarten! Wie sollte sie da etwas finden, ohne einen Namen zu kennen? Es war hoffnungslos.

Babette stampfte wütend mit dem Fuß auf. Es war zum Aus-der-Haut-Fahren. Nun war ihr das Unmögliche gelungen, in das Büro der Oberschwester einzudringen, und dennoch war sie keinen Schritt weitergekommen. In ihrer Enttäuschung trat sie kräftig gegen den Schreibtisch.

»Autsch!«, schrie sie auf. Sie hatte mit größerer Wucht zugetreten als beabsichtigt. Ihr großer Zeh tat höllisch weh. Instinktiv hockte sie sich hin, um ihren Fuß zu massieren. Da fiel ihr Blick auf eine Klappe, die an der rechten Innenseite des Schreibtisches aufgesprungen war.

Ein Geheimfach! Sofort waren die Schmerzen vergessen. Babette beugte sich vor, um nachzusehen, was der Hohlraum enthielt. Es war nicht mehr als eine flache Vertiefung, und darin befand sich eins jener schwarzen Notizbücher, wie viele Ärzte im Lazarett sie benutzten. Vorsichtig nahm Babette das Buch heraus. Es war nicht beschriftet oder mit einem Aufdruck versehen, und Babette war gespannt, was es enthalten mochte, dass Oberschwester Louise es dort verstecken musste. Sie öffnete es und schlug die erste Seite auf. Dort stand in einer makellosen Handschrift: »Tagebuch von Louise Allègre«.

Sie zögerte, die nächsten Seiten umzublättern. Der Anstand verbot es ihr eigentlich, die geheimen Aufzeichnungen einer anderen Frau zu lesen. Dann aber siegte die Neugier, und sie blätterte weiter. Der erste Eintrag stammte vom April des Jahres 1924. Die Oberschwester beschrieb darin das Fehlverhalten eines jungen Arztes. Die gebräunten Blätter waren eng beschrieben und die zeitlichen Abstände zwischen den Einträgen unregelmäßig. Mal vergingen mehrere Tage, dann wieder folgten die Einträge täglich. Fast immer ging es um Probleme im Lazarett, Schwierigkeiten mit anderen Schwestern, mit Ärzten oder um besondere Ereignisse, die Oberschwester Louise zu bewegen schienen. Sie schilderte ihre Gedanken zu den Vorfällen, ihre Hilflosigkeit, was sie gerne getan hätte, aber nicht tun konnte und wie sie gedachte, mit bestimmten Problemen umzugehen. Das Büchlein war zu etwa drei Vierteln gefüllt, und Babette vermutete, dass es weitere, ältere Tagebücher gab, die die Oberschwester allerdings an einem anderen Ort aufzubewahren schien. Der letzte Eintrag war vom Vortag, dem 28. August 1924.

Sie wollte das Buch schon wieder zuschlagen und es zurück in das Fach legen, als ihr der Gedanke kam, dass Oberschwester Louise vielleicht etwas zu dem Vorfall mit der deutschen Frau vor etwa zwei Wochen geschrieben haben könnte.

Also blätterte sie vom letzten Eintrag zurück... und wurde fündig. Unter dem Datum »15. August 1924« stand:

Ich weiß nicht, wie ich diese Ungerechtigkeit noch länger

ertragen kann! Heute Nacht wurde der armen Mademoiselle Jankowski ihr Kind geraubt. Nur weil es ein Kind der Schmach sei, hat man einer jungen Mutter ihr Neugeborenes weggenommen. Die Soldaten sind so grausam und herzlos. Morgen werden wir das Mädchen wieder nach Hause schicken, und ich kann nur zu Gott beten, dass sie sich nichts antut. Ich möchte nicht darüber nachdenken, was diese Unmenschen dem armen Kind antun. Bin ich selbst ein gottloser Mensch, da ich dieses Unrecht schweigend hinnehme? Werde ich im Fegefeuer brennen, weil ich nichts dagegen unternommen habe? Der Herr sei meiner Seele gnädig.

Also war es tatsächlich so geschehen, wie sie es vermutet hatte. Wie schrecklich! Es dauerte eine ganze Weile, bis ihr aufging, was sie da gerade entdeckt hatte. Sie hatten einen Namen, und da stand er: Mademoiselle Jankowski!

Eilig verstaute sie das Buch wieder und verschloss das Geheimfach. Sie trat erneut vor den Karteischrank und betrachtete die Fächer, die mit Buchstaben beschriftet waren. Sie suchte den Buchstaben »J« und wurde nervös, als sie ihn nicht fand. Das konnte doch gar nicht sein! Wie einst in der Schule sagte sie im Kopf das Alphabet auf: H, I, J, K, L...

Ihr Blick fiel auf eine Schublade direkt vor ihren Augen, auf der »In – Ke« stand. Natürlich! Es gab vermutlich nicht so viele Patienten mit »J«, und viele Schubladen enthielten mehrere Buchstaben. Sie zog die Schublade auf und blätterte die Karten durch. Als sie »J«

erreichte, hielt sie den Atem an … Da war sie! Die Karte, die sie gesucht hatte.

Helene Jankowski
Geburtsdatum: 28. Juni 1902
Adresse: Coblenz, Kurfürstenstr. 19
Anamnese: Schwangerschaft im 9. Monat, Geburt mit leichten Komplikationen am 14. August 1924, Mädchen, 41 cm, 2540 Gramm

Nun hatte sie also nicht nur den vollständigen Namen der jungen Frau, sondern auch noch eine Adresse. Babette steckte die Karte in die Tasche ihrer Schwesterntracht und schob die Schublade wieder zu. Sie blickte sich noch einmal sorgfältig in dem Büro um, ob noch irgendetwas einen Rückschluss auf ihre Anwesenheit zulassen würde. Als sie zufrieden feststellte, dass niemand bemerken würde, dass sie den Raum aufgesucht hatte, zog sie sich vorsichtig zurück und ging wieder an ihre Arbeit.

Es war eigentlich nicht schicklich, dass eine junge Französin in den Abendstunden allein in der Stadt unterwegs war. Zum Glück war es um halb sieben aber noch taghell, und die Sonne würde erst in etwa anderthalb Stunden untergehen. Dann aber musste sie spätestens wieder zurück sein.

Die Adresse, die sie suchte, war nicht so leicht zu finden, wie sie erwartet hatte. Nachdem sie das Lazarett auf der anderen Rheinseite, unterhalb der Festung, verlassen und zu Fuß die Brücke über den Rhein überquert hatte, war sie eine Zeit lang in den Straßen und Gassen herumgeirrt, und das, obwohl sie auf dem großen Stadtplan nachgesehen hatte, der im Lazarett hing. Die Kurfürstenstraße verlief etwa parallel zum Rhein und lag südlich der Brücke. Aber an irgendeiner Ecke musste sie falsch abgebogen sein und wusste nun nicht mehr genau, wo sie sich befand. Dummerweise sprach sie so gut wie kein Deutsch. Doch zum Glück hatte sie einen Zettel bei sich, auf den sie die Adresse notiert hatte. Männer anzusprechen traute sie sich nicht. Sie wartete daher, bis ihr eine Frau entgegenkam. Als sie auf die Frau zuging, erschrak diese zunächst. Doch als sie sah, dass es sich bei der Fremden um eine junge Frau handelte, lächelte sie und sah sich den Zettel an. Dann sagte sie etwas auf Deutsch.

»*Désolée, je ne parle pas très bien l'allemand*«, unterbrach Babette sie auf Französisch.*

»*Ah, vous française*«, antwortete die Frau auf Französisch mit starkem Akzent. »*Je connais l'adresse.*« Die Frau gestikulierte und zeigte in die Richtung: »*Vous allez à droite et après pas loin.*«**

Babette lächelte sie dankbar an. »Danke, vielen Danke«, sagte sie auf Deutsch.

Wenige Minuten später stand sie in der Kurfürstenstraße vor dem Haus Nr. 19. Es war ein Sechs-Parteien-

---

* Bedaure, ich spreche nicht sehr gut Deutsch.
** Ah, Sie (sind) Französin. Ich kenne die Adresse. Sie gehen nach rechts, und danach (ist es) nicht mehr weit.

Mietshaus, und die Klingelschilder neben der Haustür verrieten ihr, dass jemand mit Namen Jankowski im zweiten Stock rechts wohnte. Sie betrat das Haus und stieg die Treppe hoch. Vor der Wohnungstür angekommen, zögerte sie. Was, wenn die junge Frau kein Französisch sprach? Wie sollte sie sich verständigen? Aber wenn es so war, wie sie vermutete, dann hatte die Frau einen französischen Soldaten als Freund gehabt und konnte wenigstens etwas Französisch. Also klopfte sie beherzt an die Tür, bevor sie es sich anders überlegen konnte. Es dauerte eine Weile, und sie hörte schlurfende Schritte sich der Tür nähern. Die Tür wurde einen Spaltbreit geöffnet. Eine mittelalte Frau beäugte Babette misstrauisch. »Ja?«

»Mein Name ist Babette Carolle. Könnte ich bitte mit Helene sprechen?«

Sie hatte auf Deutsch den eingeübten Satz gesprochen. Aber ihr starker Akzent verriet sie leicht als Französin. Sie hatte noch nicht zu Ende gesprochen, als sich die Miene der Frau verfinsterte. Im nächsten Moment ergoss sich ein wütender Wortschwall über Babette. Sie verstand kein Wort, aber was die Frau zum Ausdruck bringen wollte, war überdeutlich. Diese Frau mochte keine Franzosen. Babette wusste nicht, was sie tun sollte. Sie wollte sich bereits abwenden und einfach fortgehen, als sie hinter der Frau eine Bewegung wahrnahm. Eine junge Frau erschien. Sie sprach beschwichtigend auf die ältere Frau ein und zog sie von der Tür weg. Dann öffnete sie die Tür vollständig und sah Babette direkt an. »Bitte entschuldigen Sie meine Mutter«, sagte sie auf Französisch. »Sie hasst alle Franzosen.« Sie zuckte mit den Schultern. »Wer kann es ihr verdenken, nachdem was man mir angetan hat.«

»Deshalb bin ich hier«, beeilte Babette sich zu sagen. »Ich bin Krankenschwester in dem französischen Lazarett.« Sie zögerte, bevor Sie wagte, ihre Frage zu stellen. »Ich möchte gern wissen, was genau geschehen ist ...« Sie brach ab, weil sie nicht wusste, wie sie die junge Frau davon überzeugen konnte, dass sie es gut mit ihr meinte.

Die junge Frau schwieg eine Weile und musterte Babette. Schließlich zuckte sie mit den Schultern. »Kommen Sie herein«, sagte sie und trat zur Seite, um Babette hereinzulassen.

In einem Türrahmen rechter Hand stand noch immer die ältere Frau, ihre Mutter. Sie sagte jetzt wieder etwas auf Deutsch, aber ihre Tochter schenkte ihr keine Beachtung. Sie führte Babette in ein kleines, ärmlich eingerichtetes Wohnzimmer. Auf einem verschlissenen Canapé lag eine zurückgeschlagene Wolldecke, und Babette vermutete, dass Helene dort bis eben geruht hatte.

»Setzen Sie sich, setzen Sie sich«, forderte sie Babette auf und wies auf einen schäbigen Sessel, der nicht zu den anderen Möbelstücken passte. Babette nahm Platz und betrachtete zum ersten Mal die junge Frau genauer. Sie hätte eine Schönheit genannt werden können, wären da nicht die dunklen Ringe unter den rot geweinten Augen gewesen. Ihr blondes Haar war fettig und strähnig, und ihre schmucklose Kittelschürze hatte auch schon bessere Zeiten gesehen. Babette versuchte, sich Helene in einem schönen Sommerkleid und mit frisch gemachten Haaren vorzustellen, mit Lippenstift und ein wenig Rouge auf den Wangen – ein deutsches Mädel wie aus dem Bilderbuch, der Traum eines jeden französischen Soldaten.

Babette wählte ihre Worte mit Bedacht. »Ich habe während meines Dienstes im Lazarett etwas mit angehört, das mich zu der Vermutung geführt hat, dass man Ihnen ... ihr Kind weggenommen hat.« Babette schwieg einen Moment. Als von der jungen Frau keine Reaktion kam, fuhr sie fort. »Inzwischen habe ich nachgeforscht und herausgefunden, dass ich mir die ganze Sache nicht nur eingebildet habe. Was genau ist passiert? Was hat man Ihnen angetan? Und vor allem, warum?«

Helene sah sie an. Dann füllten sich ihre Augen mit Tränen. Schnell holte sie ein Taschentuch aus ihrer Schürze und schneuzte sich.

»Meine arme kleine Marie«, klagte sie. »Ich habe sie Marie genannt ... das arme Kind. Ich weiß nicht, was sie mit ihr gemacht haben, nachdem sie sie mir weggenommen haben. Ich bete dafür, dass man sie in ein Kinderheim gebracht hat. Könnten Sie das vielleicht für mich herausfinden?« Hoffnung war in ihre Augen getreten, und sie sah Babette flehend an. »Können Sie nachforschen, was mit meiner Marie passiert ist? Bitte!«

Babette wollte ihr keine falschen Hoffnungen machen, aber sie brachte es nicht übers Herz, etwas anderes zu sagen als: »Ich werde nach ihr suchen. Versprochen. Aber wie ist es dazu gekommen? Weshalb hat man Ihnen Marie weggenommen?«

Wieder füllten sich Helenes Augen mit Tränen. »Wegen Napoléon.«

»Ist das der Vater?«

»Ja, der arme Napoléon. Er hat seine Tochter noch nicht einmal sehen dürfen. Kein einziges Mal. Wenn er sie wenigstens einmal in seinen Armen hätte halten können. Mein lieber Napoléon, wir haben uns so geliebt. Er hat gewusst, dass er Schwierigkeiten bekommen würde, wenn herauskäme, dass ich ein Kind von einem Soldaten der französischen Armee bekomme. Deshalb haben wir es geheim gehalten. Aber dann hat es bei der Geburt Probleme gegeben, und ich musste ins Lazarett. Was ist nur aus ihm geworden? Ich habe seit der Geburt nichts mehr von ihm gehört. Bestimmt haben sie ihn in seine Heimat zurückgeschickt. Hoffentlich haben sie ihm nichts Schlimmes angetan.« Helene fing an zu weinen.

Babette wusste nicht, wie sie reagieren sollte. Sie war versucht, die junge Frau in den Arm zu nehmen, aber das erschien ihr zu intim, und ... sie war schließlich Französin. Vielleicht machte die Frau doch alle Franzosen für ihr Unglück verantwortlich.

»Ich werde nachforschen«, sagte sie und versuchte ihrer Stimme einen überzeugenden Klang zu geben, »und wenn ich etwas herausfinde, komme ich wieder. Das verspreche ich Ihnen.«

Aber Helene hörte ihr nicht mehr zu. Sie weinte und schluchzte und war ganz in ihren Kummer versunken.

Babette stand auf und zögerte, ob sie einfach so gehen konnte. »Ich komme wieder.«

Dann verließ sie eiligen Schritts die Wohnung, vorbei an der immer noch feindselig blickenden Mutter, die Treppen hinunter und auf die Straße. Dort atmete sie erst einmal tief durch.

Was für ein schlimmes Schicksal. Was konnte sie tun? Wie sollte sie ihr Versprechen einhalten und herausfinden, was mit dem Kind geschehen war?

Babette war verzweifelt und stand kurz davor, selbst in Tränen auszubrechen.

Ich muss mit Adalbert reden, dachte sie. *Ich muss ihm alles erzählen, was ich erfahren habe, und ihn dann um Hilfe bitten. Er ist der Einzige, dem ich vertrauen kann.*

Nachdem sie sich auf diese Weise etwas beruhigt hatte, machte sie sich auf den Weg zu der Straße, in der sich Adalberts Mietshaus befand. Sie hoffte, sich diesmal nicht zu verlaufen, denn bald schon würde es dunkel werden.

29

»Um Himmels willen, was hast du nur getan? Ich weiß nicht, wie ich dich jetzt noch beschützen kann. Außerdem glaube ich, dass man inzwischen eine Vermutung hat, wer hinter den Morden steht. Napoléon, hör damit auf, und flieh in deine Heimat. Das ist der einzige Weg, wie du dich retten kannst.«

Gérard Neveu sah seinen Freund flehentlich an. Die Fragen seiner Kollegin Babette hatten ihn wachgerüttelt, ihm Angst gemacht und ihn veranlasst, seinen Freund Napoléon erneut aufzufordern, sein unseliges Tun einzustellen. Niemals würde er es über sich bringen, seinen Lebensretter zu verraten, aber er konnte auch nicht länger mit ansehen, wie Napoléon und seine Kameraden ihr unseliges Tun fortsetzten.

Sie hatten sich vor den Mauern der Festung getroffen, waren ein Stück gegangen und saßen nun in einem kleinen Waldstück auf einem umgestürzten Baumstamm. Die Dämmerung hatte eingesetzt, und Gérard sah seinen Freund an, der neben ihm den Kopf hängen ließ und vor sich hin starrte. Sein ebenholzschwarzes Gesicht, in dem das Weiße der Augen leuchtete, war von einer Traurigkeit gezeichnet, die man dem Hünen niemals zugetraut hätte.

In seiner Heimat, dem Senegal, war Napoléon Djiloboji ein geachteter Mann gewesen, ein Kämpfer, der schon wegen seiner Körpergröße von über einem Meter neunzig von seinen Kameraden bei den Senegalschützen verehrt worden war. Als der unselige Krieg ausgebrochen war und die Franzosen auch die Truppen aus ihren afrikanischen Kolonien hinzugezogen hatten, war er einer der Ersten gewesen, die es als eine gerechte Sache angesehen hatten, in diesem Krieg zu kämpfen. Erst auf dem Schlachtfeld hatte er bemerkt, wie die französische Heeresleitung zu ihren schwarzen Soldaten stand. Man hatte sie in die gefährlichsten Kampfgebiete geschickt. Sie waren nichts als Kanonenfutter gewesen. Und die Opfer wurden nicht einmal anstandshalber betrauert, so wie dies bei den gefallenen französischen Kameraden geschah. Einmal hatte Napoléon zwei französische Soldaten bei einem Gespräch belauscht, als sie sich darüber unterhielten, dass die deutsche Presse Frankreich dafür verurteilte, dass sie »Tiere« in den Kämpfen einsetzten. Er hatte es nicht glauben wollen und sich nicht vorstellen können, dass jemand so dachte. Er hatte es als Propaganda angesehen.

Als sie aber schließlich nach dem Sieg über die Deutschen als Besatzungstruppen ins Rheinland gekommen waren, war ihnen, den Soldaten aus Nord- und Westafrika, eine Feindschaft entgegengeschlagen, die jene gegenüber den Franzosen bei Weitem überstieg.

Doch nicht alle Weißen waren gleich. Napoléon hatte auch die eine oder andere Freundschaft geschlossen – und schließlich sogar seine große Liebe gefunden.

Helene war eines Tages auf ihn zugekommen, als er zum Wachdienst eingeteilt gewesen war. Sie hatte ihn von sich aus angesprochen. Die junge Deutsche sprach gut Französisch und wollte alles Mögliche von ihm wissen: über seine Heimat, über Afrika, über das Meer, über das Leben im Senegal, über seine Familie. Da sie sich nicht zusammen in der Öffentlichkeit sehen lassen konnten, hatten sie sich an abgelegenen Orten getroffen. Aus Neugier war schnell Sympathie und schließlich Liebe geworden.

Gérard hatte er von Anfang an in sein Geheimnis eingeweiht, war er doch der engste Vertraute von Napoléon und auch sein bester Freund. Deshalb wusste Gérard nur zu gut, dass der Anfang dieser so ungewöhnlichen Freundschaft exakt neun Monate zurücklag.

Er erinnerte sich noch sehr genau an die Zeit.

In den besetzten Gebieten des Rheinlandes hatte sich eine Separatistenbewegung formiert, die einen eigenen Staat, die Rheinrepublik, losgelöst vom Deutschen Reich anstrebte. Frankreich unterstützte diese Bewegung, zumindest im Geheimen, da eine solche Republik einen Puffer gegen das aggressive Deutschland schaffen würde. Wegen Rückständen in den Reparationszahlungen durch das Deutsche Reich hatte Frankreich im Januar 1923 das Ruhrgebiet besetzt. Durch die vom Deutschen Reich als widerrechtliche Besetzung bezeichnete Handlung erfuhren die Separatisten einen deutlichen Aufschwung. Am 21. Oktober 1923 wurde das Aachener Rathaus von Separatisten besetzt und die »Freie und unabhängige Republik Rheinland« ausgerufen.

Gérard hatte zu einer Gruppe von Soldaten gehört, die zur Unterstützung der Separatisten nach Aachen gesandt worden waren, allerdings in Zivil. Sie sollten sich unter die »Reichstreuen« mischen und für Unruhe sorgen. Zum Schutz des Rathauses und der dort residierenden Separatisten war auch ein Trupp der Senegalschützen abkommandiert worden. Vermutlich versprach man sich von den »schwarzen Ungeheuern«, wie viele sie nannten, eine größere Abschreckung als durch reguläre Truppen. Die Senegalschützen waren instruiert worden, dass sich unter den reichstreuen Demonstranten auch Agenten der Franzosen befanden, um zu verhindern, dass sie womöglich planlos in die Menge schossen und dadurch eigene Leute gefährdeten.

Gérard hatte sich bei diesem Auftrag unwohl gefühlt. Er war Soldat, kein Geheimdienstagent. Also hielt er sich stets in der Nähe eines Kameraden auf, sodass sie sich im Notfall gegenseitig schützen konnten. Um sie herum skandierte die aufgebrachte Menge Sprüche wie: »Nieder mit dem Separatistenpack« und: »Treue zum Reich!«. Gérard verstand ein wenig Deutsch, und er sollte die Ohren aufsperren, um herauszufinden, ob es Bestrebungen gab, das Rathaus zu stürmen, um die Separatisten zu vertreiben.

Sein Kamerad war ein Jahr jünger als er, gerade mal siebzehn Jahre und erst vor Kurzem von Metz nach Coblenz versetzt worden. Er war nett und freundlich, aber schrecklich unerfahren.

»Was rufen die Leute da, Gérard? Verstehst du das?«,

rief er ihm zu, um den Lärm der etwa fünfhundert randalierenden Menschen zu übertönen. Leider tat er es auf Französisch, was einer der neben ihm stehenden Männer hörte. Gérard hatte sofort den schweren Fehler seines Kameraden erkannt, aber es war zu spät gewesen.

»Hier ist ein Franzose!«, schrie der Mann, der ihr Gespräch mit angehört hatte. »Männer, aufgepasst! Wir haben französische Spione unter uns! Schnell, hierher!«

Alle in nächster Nähe stehenden Demonstranten drehten sich sofort zu ihnen um. Der Mann, der ihr Gespräch mit angehört hatte, zeigte auf seinen Kameraden. »Der da, das ist ein Franzose! Ergreift ihn. Das ist ein Agent der Franzosen!«

Immer mehr Männer drängten sich um sie, und das war der Moment, in dem Gérard den Fehler machte, seinem Kameraden helfen zu wollen. »Zurück! Lasst den Mann in Ruhe!«, rief er auf Französisch. Sofort wandte sich die Meute auch ihm zu. Die Männer, die inzwischen einen geschlossenen Kreis um sie gebildet hatten, stießen und schubsten sie hin und her. Doch der Kreis wurde immer enger, und schließlich wurden sie zu Boden geworfen. Dann kamen die ersten Tritte. Manche der Männer waren mit Prügeln bewaffnet, und als ihn die ersten Schläge trafen, dachte er, sein Ende sei gekommen. Das Geschrei um ihn herum hörte er nur noch gedämpft, und seine Augen füllten sich mit Tränen, sodass er nur noch Schemen um sich herum wahrnehmen konnte. Als plötzlich ein schwarzes Gesicht vor ihm erschien, dachte er, der Tod persönlich sei gekommen, um ihn abzuholen in sein Reich. Dann wurde er ergriffen und hochgehoben.

Bald sind meine Schmerzen vorbei, war alles, was er denken konnte.

Aber es war nicht der Tod, sondern einer der schwarzafrikanischen Soldaten, die ihren Posten vor dem Rathaus aufgegeben hatten und in die tobende Menge gestürzt waren, um die beiden Soldaten zu retten. Der Schwarze, der ihn scheinbar mühelos über seine Schulter gelegt hatte, trug ihn aus der Menge hinaus in Richtung Rathaus. Die Menschen, die eben noch getobt hatten, waren verstummt und blickten angsterfüllt auf den Riesen. Manche bekreuzigten sich. All dies nahm er wie durch einen Nebel wahr, und hätte man ihm später nicht erzählt, dass es sich genau so zugetragen hatte, er wäre überzeugt gewesen, dass es sich um einen Traum gehandelt haben musste.

»Alles wird gut«, sagte der Schwarze ein ums andere Mal. »Keine Sorge, ich bringe dich in Sicherheit.«

»Wer bist du?«, hatte er mühsam herausgebracht.

»Napoléon, ich heiße Napoléon.«

Der Gedanke, dass er von Napoléon, dem größten aller französischen Feldherren, gerettet worden war, ließ ihn zufrieden in eine tiefe Bewusstlosigkeit hinübergleiten, aus der er erst zwei Tage später im Lazarett in Coblenz erwachte.

Im Lazarett erfuhr er, dass nicht nur sein rechter Arm und zwei Rippen gebrochen waren, sondern dass auch sein linkes Knie so stark gesplittert war, dass es nicht mehr verheilen würde. Das Bein würde steif bleiben. Die

Nachricht war ein Schock für ihn. Erst zwei Tage später erfuhr er, dass sein Kamerad den Angriff der Menge nicht überlebt hatte. Für ihn war jede Hilfe zu spät gekommen. Man hatte den Siebzehnjährigen leblos am Boden liegend gefunden, als die Menge unter Androhung von Waffengewalt von dem Platz vor dem Aachener Rathaus vertrieben worden war. Er, Gérard, hatte sein Leben allein dem Umstand zu verdanken, dass ihn einer der Senegalschützen aus der Menge herausgeholt hatte, bevor es zu spät war.

Napoléon! Ihm fiel wieder der Name ein, von dem er gemeint hatte, ihn geträumt zu haben, und er erkundigte sich nach dem Soldaten und fragte, ob man ihm eine Nachricht überbringen könnte. Am nächsten Morgen saß Napoléon Djiloboji an seinem Bett und strahlte wie ein Kind, dem man einen Kuchen zum Geburtstag gebacken hatte. Er war glücklich, weil Gérard noch lebte und es ihm bald wieder besser gehen würde.

In den folgenden Wochen und Monaten trafen sich die beiden, sooft sie Gelegenheit dazu hatten. Sie erzählten einander ihre Lebensgeschichte, sprachen über ihre Kindheit, über das Soldatenleben, über ihre Wünsche und Hoffnungen. Es war Napoléon gewesen, der angesichts anderer Kriegsversehrter, die im Lazarett Pflegedienst leisteten, Gérard auf die Idee brachte, er könne doch als Pfleger arbeiten – so könnte er auch mit einem steifen Bein seinem Vaterland einen Dienst erweisen. So war aus dem Soldaten Gérard der Pfleger Gérard geworden, und er war zufrieden, anderen Kranken und Verletzten eine Hilfe sein zu können.

Seither waren Gérard und Napoléon unzertrennliche Freunde, und es verging fast kein Tag, an dem sie sich nicht trafen, um zu reden.

So hatte Gérard auch die ganze traurige Geschichte um die Liebe zu der jungen Deutschen, Helene, aus erster Hand und unmittelbar mitbekommen. Er wusste, welche Zukunftspläne Napoléon für sich und Helene hatte, aber es fiel ihm schwer zu glauben, dass sie jemals wahr werden würden. Napoléon wollte Helene mit in seine Heimat nehmen und mit ihr dort eine Familie gründen. Ein schöner Traum, aber eben nur ein Traum, dessen war Gérard sich von Anbeginn an sicher gewesen.

Als dann vor zwei Wochen Helene Jankowski ins Lazarett gebracht worden war und man ihr nach der Geburt das Kind weggenommen hatte, war er es gewesen, der seinem Freund Napoléon die furchtbare Nachricht überbracht hatte. Der schwarze Riese hatte geweint wie ein kleines Kind. Dann hatte er geschrien und getobt, und nur mit Mühe hatte Gérard ihn daran hindern können, seine Waffe zu ergreifen und ein Massaker unter den französischen Soldaten anzurichten. Er hatte es geschafft, seinen Freund von einer Tat abzuhalten, die seinen sicheren Tod bedeutet hätte, aber der Senegalschütze hatte bittere Rache geschworen. Rache an den Franzosen, die ihn und seine Landsleute für ihre Zwecke missbrauchten, sie in ein Land geholt hatten, in dem man sie als Tiere beschimpfte und wo man ihnen dann auch noch die eigenen Kinder raubte.

Als es den ersten Mord unter den französischen Soldaten gab, hatte Gérard eine dumpfe Ahnung gehabt, dass Napoléon etwas damit zu tun haben könnte. Nach dem zweiten Mord hatte er ihn direkt darauf angesprochen ... und war erschrocken, wie sein Freund reagiert hatte. Mit hassverzerrtem Gesicht hatte Napoléon ihm gestanden, dass dies nicht der letzte Soldat gewesen sei, der für die Sünden der Franzosen bezahlen würde.

Nun saßen sie nebeneinander auf dem Baumstamm, und Gérard versuchte mit allen Mitteln, Napoléon davon zu überzeugen, von seinem Tun abzulassen. »Ich glaube, sie sind euch auf der Spur, Napoléon. Eine Schwester hat mich nach dem geraubten Kind gefragt, und heute hat der Geheimdienst die Oberschwester abgeholt. Du musst fliehen, Napoléon, solange du es noch kannst.«

Doch der Freund antwortete nicht, sondern sah nur weiter stumm und trübsinnig vor sich auf den Boden.

30

Kurz vor acht Uhr am Abend, als es bereits zu dämmern anfing, klopfte es an der Tür zu Adalberts kleiner Mansardenwohnung. Er fragte sich, wer zu dieser Zeit etwas von ihm wollte. Womöglich ein Bote von der Polizeidienststelle, der ihn zu einem Tatort beorderte?

Herr im Himmel, lass es nicht schon wieder einen Mord gegeben haben, sandte er ein Stoßgebet zum Himmel. Umso größer war seine Überraschung, als er die Tür öffnete und eine völlig aufgelöste Babette vor ihm stand. Ihr liefen die Tränen über die Wangen, und sie warf sich ihm mit einem Schluchzen entgegen. »Babette, um Gottes willen, wo kommst du her? Was ist mir dir?«

Adalbert führte sie ins Zimmer, und sie setzten sich aufs Canapé. »Soll ich dir einen Tee machen?«, fragte er.

Sie sah ihn dankbar an und seufzte erneut. »Ich glaube, ich könnte etwas Stärkeres gebrauchen.«

Adalbert stutzte. Der einzige Alkohol, den er sie je hatte trinken sehen, war Wein. »Möchtest du ein Glas Wein? Ich habe aber auch noch eine Flasche Cognac da, die ich mir für besondere Gelegenheiten aufgespart habe.«

»Cognac«, entschied sie, ohne lange zu überlegen. Verwundert stand Adalbert auf. Er holte die Cognacflasche aus dem kleinen Schrank, in dem er seine wenigen Habseligkeiten aufbewahrte. Ein passendes Glas besaß er nicht, weshalb er die bronzefarbene Flüssigkeit in ein Wasserglas goss. Damit ging er zu Babette, die auf dem Canapé gedankenverloren vor sich hin sah. »Bitte.« Er hielt ihr das Glas hin, das sie ergriff und ohne viel Federlesen in einem Zug hinunterstürzte.

»Babette, was ist passiert?« Erst jetzt bemerkte Adalbert das Zittern ihrer Hände.

Sie sah zu ihm auf: »Könnte ich noch einen haben?«

Er wusste nicht, ob er lachen oder weinen sollte. Was war nur mit ihr los?

Wortlos schenkte er ihr nach und reichte es ihr erneut. Danach begann sie langsam und stockend zu berichten. Von ihren Nachforschungen nach dem geraubten Kind. Von ihrem Gespräch mit dem Pfleger Gérard. Dass er sie beschworen habe, sich nicht in diese Angelegenheit zu mischen, aber dass ihr das unmöglich sei, weil ihr das Kind und die Mutter so leidtäten. Sie erzählte von ihrer Entdeckung im Büro der Oberschwester im Lazarett, von der Karteikarte der jungen deutschen Mutter und letztendlich von ihrem Besuch bei Helene Jankowski.

Mit wachsendem Erstaunen lauschte Adalbert ihrer Geschichte. Er musste sich eingestehen, dass Babette innerhalb kürzester Zeit mehr herausgefunden hatte als er in seiner Eigenschaft als Kriminalist. Als sie schließlich von dem Vater des geraubten Kindes sprach, unterbrach er sie. Er musste an seine Unterhaltung mit dem Büroschreiber Kargel denken. »Babette, was weißt du über den Vater des Kindes, diesen Napoléon?«

Sie sah ihn verwirrt an und schien die Frage nicht zu verstehen. »Was meinst du?«

»Weißt du, ob es sich um einen afrikanischen Kolonialsoldaten handelt?« Er sah sie voller Erwartung an. Umso enttäuschter war er, als sie den Kopf schüttelte und sagte: »Nein, ich habe ganz vergessen, danach zu fragen. Wir haben über die Rheinlandbastarde gesprochen, aber in dem Moment habe ich nicht mehr daran gedacht...«

Adalbert war während ihres Berichts im Zimmer auf und ab gegangen. Jetzt setzte er sich neben sie. Er sah gedankenverloren vor sich hin, als er zu sprechen anfing. »Ich hatte heute eine sehr aufschlussreiche Unterhaltung mit unserem Büroschreiber. Seither geht mir der Gedanke nicht mehr aus dem Kopf, ob es nicht eine ganz andere Erklärung für die Morde gibt. Bisher hatte ich gedacht, es könnte sich um deutsche Angehörige von Frauen handeln, denen man ihr Kind weggenommen hat. Doch inzwischen bin ich fast sicher, dass es genau andersherum ist.« Er wandte sich zu Babette um. »*Cherie*, du selbst hast gesagt, man müsse auch an die armen Väter denken, erinnerst du dich? Wir haben uns gewundert, dass französische Soldaten, weiße Franzosen, umgebracht werden, wenn doch die Väter der Rheinlandbastarde schwarze Soldaten sind. Was aber, wenn es die schwarzen Väter der Kinder sind, die sich an ihren französischen Kameraden für diese grauenvollen Taten rächen?«

Babette sah ihn mit großen Augen an. »Du hast recht. Das ergäbe einen Sinn ... einen furchtbaren Sinn.«

Adalbert hatte sich erhoben. Wieder ging er rastlos in dem kleinen Zimmer auf und ab. Es war nur ein Verdacht, aber vielleicht hatte er jetzt endlich eine konkrete Spur. Doch wie sollte er vorgehen?

»Ich muss den Namen dieses Soldaten erfahren, und ob er womöglich ein Schwarzer ist. Und dann muss ich mit Colonel Anjou reden. Ich muss ihn davon überzeugen, dass wir in dieser Richtung ermitteln müssen.«

Er sah, wie Babette bei der Erwähnung des Namens Anjou zusammengezuckt war. Natürlich, sie hatte Angst, der Colonel würde ihn erneut bedrängen und ihn auffordern, seine Beziehung zu ihr zu beenden.

»Hab keine Angst, *chérie*, ich werde mich von deinem Vater nicht unter Druck setzen lassen. Niemand wird uns jemals trennen.« Er setzte sich zu ihr aufs Canapé. »Niemals!«, sagte er.

»O Liebster, ich bin ja so froh, dass du dich von diesem Unmenschen nicht einschüchtern lässt.« Sie küsste ihn, und es dauerte eine Weile, bis er sich von ihr lösen konnte.

Er sah ihr tief in die Augen. »Du hast doch wohl nicht geglaubt, dass ich diesem unsinnigen Befehl Folge leisten würde?«

Sie schüttelte den Kopf und lächelte ihn an. »Nein, keinen Augenblick.«

Dennoch konnte Adalbert nicht verhindern, dass ihm die absurdesten Gedanken durch den Kopf gingen. Wie würde Anjou reagieren, wenn er erführe, wer seine Freundin in Wirklichkeit war? Würde es alles noch viel schlimmer machen? Oder würde es ihn besänftigen? Konnte er es ihm bei einer passenden Gelegenheit erzählen, oder sollte das besser Babette tun? Gab es für eine solche Eröffnung überhaupt eine passende Gelegenheit? Und würde Babette es überhaupt wollen?

Er fand auf keine dieser Fragen eine befriedigende Antwort und musste das Problem notgedrungen zurückstellen.

Er erhob sich. »Babette, hör mir zu. Ich muss unbedingt die Identität dieses Napoléon herausbekommen. Ich weiß nur noch nicht wie ...«

Babette sah ihn überrascht an. »Das ist doch gar kein Problem. Wir gehen einfach noch mal zu Helene Jankowski und fragen sie.«

Von Adalberts Wohnung bis zu der von Helene Jankowski war es nur ein Fußmarsch von einer Viertelstunde. Als sie vor dem Haus Nr. 19 standen, wurde Adalbert unsicher, was die beste Vorgehensweise wäre. Sollte er die junge Mutter, die gerade ihr Kind verloren hatte, in seiner Eigenschaft als Kriminalbeamter befragen? Das erschien ihm unratsam.

Er sah Babette an. »*Chérie*, könntest du dir vorstellen, noch einmal allein zu ihr zu gehen und sie zu befragen? Mit dir wird sie gewiss lieber reden als mit mir.«

Babette sah ihn an. »Es ist dir unangenehm, mit dieser armen Frau zu sprechen, oder? Ach Liebster, du bist viel zu weich für einen Polizisten.« Sie nahm ihn in den Arm und drückte ihn fest an sich. »Aber natürlich kann ich das machen. Ich bin gleich wieder da.« Mit diesen Worten löste sie sich von ihm und betrat das Haus.

Bin ich wirklich zu weich für diesen Beruf?, musste Adalbert denken, als Babette fort war. Er erinnerte sich daran, wie er in der Eifel einmal einer Frau die Nachricht vom Tod ihres Ehemannes überbringen musste. Der Mann war von einem umstürzenden Fuhrwerk erschlagen worden. Er hatte sich damals tatsächlich gefragt, ob dieser Beruf das Richtige für ihn sei. Doch er vertraute ganz auf sein Gefühl, und das sagte ihm, dass es bei Ermittlungen nicht auf Härte ankam, sondern auf Intuition und Einfühlung, und wenn die Leute das als Weichheit empfanden, war es ihm egal.

Als Babette nach fünf Minuten noch nicht wieder erschienen war, wurde Adalbert langsam unruhig. Er überlegte, ob er ihr folgen sollte. Er hatte sich gerade dazu entschlossen, als die Haustür aufging und Babette herauskam. Sie schien aufgeregt.

»Du hast recht gehabt«, rief sie ihm schon im Näherkommen zu. »Es ist genau so, wie du vermutet hast.«

»Was hast du erfahren?«

»Er heißt Napoléon Djiloboji und ist einer von den Senegalschützen. Ein schwarzer Riese, über einen Meter neunzig groß und sehr stark. Helene sagt zwar, dass er eine Seele von Mensch sei und keiner Fliege etwas zuleide tun könnte, aber sie schließt auch nicht aus, dass er aus Gram und Verzweiflung zu einer Tat in der Lage wäre, die ihm sonst nie in den Sinn käme. Sie hat auch berichtet, wie grausam viele der französischen Soldaten ihn und seine Landsleute behandeln, wie sie auf sie herabsehen. Adalbert, ich glaube, du hast recht mit deinem Verdacht.« Sie sah ihn mit großen fragenden Augen an. »Was machen wir denn nun?«

Adalbert schüttelte den Kopf: »Nicht wir, Babette. Ich. Du darfst auf keinen Fall noch tiefer in diese Sache hineingezogen werden. Ich weiß nicht, wie Colonel Anjou reagieren wird, wenn er erfährt, was hinter den Morden steckt, aber ich weiß, dass er mich standrechtlich erschießen lässt, wenn er erfährt, dass ich seine Tochter in Gefahr gebracht habe.« Als sie protestieren wollte, hob er die Hand. »Keine Diskussion, *chérie*. Du hast mir sehr geholfen, aber ab sofort hältst du dich zurück, hörst du?«

Es blitzte zwar noch ein Funke der Rebellion in ihren Augen auf, aber schließlich gab sie nach und nickte. »Nun gut, ich werde mich zurückhalten. Versprochen.«

Adalbert erinnerte sich, dass sie ihm schon einmal etwas versprochen und sich nicht daran gehalten hatte. Er hoffte inständig, dass sie sich diesmal vernünftiger verhalten würde.

»Gut. Lass uns wieder zu mir gehen. Heute Abend ist es zu spät, aber morgen früh werde ich Colonel Anjou aufsuchen und ihm die neuen Erkenntnisse mitteilen.« Er sah, wie sie erneut zusammengezuckt war, und beeilte sich hinzuzufügen: »Keine Angst, ich werde ihm nichts von dir erzählen.«

31

Didier Anjou hatte sich gerade an seinen Schreibtisch gesetzt und sich von seinem Adjutanten einen großen Becher Milchkaffee bringen lassen, als die Tür aufging und Adalbert Wicker eiligen Schritts auf ihn zukam.

Didier sah ihn überrascht an. Es stand dem Deutschen eigentlich nicht zu, einfach unangemeldet in seinem Büro zu erscheinen, zumal wenn er noch nicht einmal seinen Morgenkaffee getrunken hatte.

»Entschuldigen Sie, Colonel Anjou«, sagte Wicker und blieb vor seinem Schreibtisch stehen, »aber es war zu wichtig, als dass ich noch länger warten konnte. Ich glaube, ich weiß jetzt, wer hinter den Morden steckt.«

Didier machte große Augen. Sollte der junge Mann tatsächlich mit seinen Ermittlungen Erfolg gehabt haben? Gleichermaßen gespannt, aber auch mit einem mulmigen Gefühl forderte er Wicker auf, sich zu setzen. »Berichten Sie. Was haben Sie herausgefunden?«

Wicker schien sich nicht sicher zu sein, wo er anfangen sollte. Er holte tief Luft. »Sie erinnern sich, dass ich die Rheinlandbastarde angesprochen hatte...«

Fing der Kerl wieder damit an! Didier schüttelte den Kopf. Er wollte etwas sagen, doch Wicker kam ihm zuvor.

»Nein, bitte«, sagte er rasch. »Ich habe Kenntnis davon, dass einer jungen deutschen Frau ihr Kind kurz nach dessen Geburt von Soldaten weggenommen wurde. Ich…« Er zögerte erneut. »Ich habe die Frau befragt, und der Vater ist… ein Kolonialsoldat, ein sogenannter Senegalschütze. Nach der Beschreibung der Frau ist er über eins neunzig groß, und er hat allen Grund, die französische Armee zu hassen.«

Didier musste sich zusammenreißen, verkniff sich aber jeden Kommentar, ob es einen gerechtfertigten Grund gab, die französische Armee zu hassen.

»Bitte bedenken Sie, Colonel, dass die Morde unmittelbar nach dem Vorfall in dem französischen Lazarett begonnen haben. Und was ist nachvollziehbarer, als dass ein Vater, dessen Kind geraubt wurde, furchtbare Rache an denen nimmt, die er für diese Tat verantwortlich hält? Damit hätten wir ein Motiv und einen möglichen Täter.«

Anjou dachte nach. Als Motiv für die Taten war ein solch ungeheuerliches Vorkommnis selbstverständlich vorstellbar. Aber würde ein Soldat tatsächlich seine Kameraden töten, ob er nur ein Weißer war oder nicht? Immerhin hatten sie Seite an Seite gegen den Feind gekämpft.

»Was meinen Sie?«, unterbrach Wicker seine Überlegungen. »Sollten wir nicht bei den Senegalschützen ermitteln?«

Anjou gab sich einen Ruck. »Haben Sie den Namen des Soldaten?«

Adalbert nickte. »Der Mann heißt Napoléon Djiloboji.«

Didier hatte den Namen noch nie gehört, aber das war nicht verwunderlich. Er kannte nicht alle Soldaten namentlich und die Kolonialsoldaten schon gar nicht. Sie waren auch in anderen Unterkünften untergebracht als die französischen Soldaten. Und auch unter den Schwarzen blieben die einzelnen Nationalitäten zumeist unter sich: Senegalesen, Algerier, Marokkaner, Tunesier, und dann gab es noch einige wenige aus Indochina.

Didier wandte sich der Tür zu. »Ordonnanz!«, rief er laut.

Im nächsten Moment öffnete sich die Tür, und sein Adjutant betrat das Zimmer, ein junger Oberleutnant mit einem feuerroten Haarschopf. »Colonel?«

»Wo finden wir die Senegalschützen?«, fragte Didier.

»Die Senegalschützen?« Der Adjutant schien verwirrt. »Aber die Schwarzen sind doch schon vor vier Jahren wieder in den Urwald zurückgeschickt worden …«

Didier sah, wie sich Wickers Gesicht bei den Worten des Adjutanten verfinstert hatte. Der junge Offizier sah zwischen Anjou und Wicker hin und her. Er schien zu bemerken, dass er eine nicht ganz passende Bemerkung gemacht hatte. »Ich werde mich erkundigen«, beeilte er sich zu sagen, machte auf dem Absatz kehrt und eilte hinaus.

Anjou brütete vor sich hin und überlegte, wie er mit den Informationen von Wicker umgehen sollte. In einem war er sich sicher: Er konnte die Sache nicht einfach auf sich beruhen lassen, sondern musste ihr nachgehen, egal für wie glaubhaft oder abwegig er sie hielt. Die Frage war, ob er den jungen deutschen Kommissar in die Ermittlungen einbeziehen sollte. Nun, warum nicht? Wenn sich die Sache als haltlos erwies, war das vielleicht die beste Lektion für das neunmalkluge Bürschchen.

Didier war noch ganz in Gedanken versunken, als sich die Tür wieder öffnete.

Es war der Adjutant. »*Mon colonel*, ich ... äh ... ich habe herausgefunden, dass die Marokkaner, Algerier und die meisten anderen ... äh ... Kolonialsoldaten zwar im November 1920 in ihre Heimat zurückgeschickt wurden, aber ein kleiner Trupp von den Senegalesen, insgesamt nur sechs Mann, ist freiwillig hiergeblieben. Sie hausen ... ich meine, sie wohnen in einer Unterkunft auf der anderen Rheinseite, wenn sie nicht gerade irgendwo zum Wachdienst eingeteilt sind.« Er hatte Haltung angenommen und wartete nun auf eine Reaktion seines Vorgesetzten.

Doch Didier war in Gedanken bereits woanders. Er beugte sich zur Seite, öffnete die Schublade seines Schreibtisches und holte den braunen Stofffetzen hervor, den Sergent Fleury in der Hand gehalten hatte, als man ihn fand. Er hielt ihn hoch und sah den jungen Offizier an. »Denken Sie, dass das ein Teil der Uniform eines Senegalschützen sein könnte?«

»Ich ... äh ... ich habe keine Ahnung, *mon colonel*. Tut mir leid. Vielleicht weiß Sergent Dupont aus Ihrem Vorzimmer etwas. Ich glaube, er hat mal mit Senegalschützen zusammen Dienst geleistet.«

Didier nickte mürrisch. »Nun gut, Sie können gehen.« Sein Adjutant wandte sich um, doch Didier hielt ihn noch einmal zurück. »Moment. Stellen Sie einen Trupp von vier Soldaten zusammen, der mich …«, er unterbrach sich und fuhr dann fort, »… der mich und Kommissar Wicker zu der Unterkunft der Senegalschützen begleitet.«

Er sah den erstaunten Ausdruck auf Wickers Gesicht, hielt es aber nicht für notwendig, seine Entscheidung zu begründen.

Didier saß vorne neben dem Fahrer, während Wicker sich hinten zusammen mit drei Soldaten die Rückbank des Peugeot 153 Baujahr 1912 teilen musste. Es war eine holprige Fahrt, wobei der Soldat, der als Fahrer eingeteilt war, reichlich Gebrauch von der quäkenden Hupe machte, um die Fußgänger aus dem Weg zu scheuchen.

Nach einer halben Stunde Fahrt kam der Wagen schließlich rumpelnd und wankend vor einem Gebäude zum Stehen. Didier stieg als Erster aus. Er wartete, bis sich der Fahrer und die drei anderen Soldaten um ihn versammelt hatten und auf seine Anweisungen warteten. Wicker hielt sich ein wenig im Hintergrund.

»Männer«, sagte Didier, »ihr sichert das Gebäude und achtet darauf, dass niemand entkommt. Wir suchen nach einem gewissen Djiloboji, verstanden?«

Die Soldaten nickten, und Anjou sah zu Wicker und machte eine Kopfbewegung in Richtung des Gebäudes. »Auf geht's, Herr Kommissar. Oder wollten Sie sich lieber hinter meinen Soldaten verstecken?« Er sah Wicker mit einem spöttischen Grinsen an, nickte ihm aber dann zu. »Na los«, sagte er versöhnlicher, »kommen Sie schon.«

Er ging voran, und Wicker und die Soldaten folgten ihm. Bei dem Gebäude handelte sich um das Wohnhaus einer Familie, die im Zuge der Deportationen nach dem Streik der Eisenbahner im Jahr 1921 aus dem besetzten Rheinland in die Weimarer Republik abgeschoben worden war. So zumindest hatte ihm sein Adjutant berichtet. Zurzeit sollten hier die letzten sechs Senegalschützen wohnen, die noch ihren Dienst im besetzten Teil Deutschlands leisteten. Ohne zu klopfen, stieß Didier die Haustür auf. Bratengeruch schlug ihnen entgegen. Sie befanden sich in einem schmalen Treppenhaus, von dem hinten links eine Tür abging, die sich jetzt öffnete. Zwei halb nackte, lediglich mit langen Unterhosen bekleidete Senegalesen kamen heraus und sahen die Ankömmlinge bestürzt an. Als sie die uniformierten Franzosen erkannten, entspannten sie sich. »Was ist passiert?«, rief einer der beiden auf Französisch.

»Wer von euch ist Djiloboji?«, fragte Didier.

Die beiden wechselten einen wissenden Blick.

»Er ist nicht da«, antwortete der Mann, der auch zuvor gesprochen hatte.

»Wer ist noch im Haus?«

»Niemand. Drei von uns sind zum Wachdienst eingeteilt, und Napoléon ist fortgegangen.«

Didier sah sich zu den Soldaten um. »Zwei von euch durchsuchen das Haus, die anderen beiden bleiben hier unten.« Dann blickte er wieder zu den beiden Schwarzen. »Und ihr geht zurück in euer Zimmer.«

Ohne Widerworte wandten sich die beiden um. Didier machte Wicker ein Zeichen, ihm zu folgen, und gemeinsam betraten sie das Zimmer. Es mochte einmal die Wohnstube des Hauses gewesen sein. Jetzt war der Raum fast vollständig leer, bis auf mehrere Strohmatratzen, die auf dem Boden lagen. In der Mitte des Raums befand sich eine gusseiserne Feuerstelle, in der ein Holzfeuer rauchlos brannte. Darüber brutzelte an einem Spieß ein Tier, bei dem es sich um ein Kaninchen handeln mochte. Didier wollte nicht wissen, woher es stammte, ob sie es einem Bürger aus dem Stall entwendet oder im Wald geschossen hatten.

»Ausweise«, fuhr er die beiden an, die daraufhin aus ihren Uniformen, die an Haken an der Wand hingen, ihre Papiere hervorholten und ihm wortlos übergaben. Nachdem er überprüft hatte, dass keiner von den beiden der gesuchte Djiloboji war, gab er sie ihnen zurück. »Wo ist er hin?«

Wieder sahen sich die beiden betreten an. Diesmal ergriff der andere das Wort: »Er wollte seinen Freund im Lazarett besuchen.«

»Welchen Freund?«

»Er heißt Gérard. Den Familiennamen wissen wir nicht. Napoléon hat immer nur von Gérard gesprochen. Er ist Pfleger.«

»Was will er dort?«

»Wir wissen es nicht, Colonel.«

»Wann ist er fortgegangen?«

»Vor etwa einer halben Stunde.«

Anjou überlegte laut. »Wenn er zu Fuß unterwegs ist...«, er sah die beiden Senegalesen an, die nickten, »dann wird er jetzt ungefähr ankommen. Mit dem Wagen brauchen wir höchstens ein paar Minuten. Wir werden ihn also wohl noch antreffen.« Er wandte sich erneut an die Senegalesen: »Ihr bleibt hier und haltet euch zu meiner Verfügung. Bis auf Weiteres seid ihr vom Dienst befreit und bewegt euch nicht von hier fort. Ist das klar?«

Beide nickten. Ohne ein weiteres Wort drehte sich Didier um und verließ das Zimmer. Im Flur hatten sich die beiden Soldaten eingefunden, die das Haus durchsucht hatten.

»Niemand sonst im Haus, *mon colonel*.«

Anjou nickte. »Alles klar. Alle Mann in den Wagen, wir fahren zum Lazarett.«

Auf dem Weg zum Wagen hielt Wicker ihn am Ärmel fest und raunte ihm zu: »Sollten wir die Männer nicht befragen, ob sie bei dem Vorfall am Brunnen auf dem Plan dabei waren?«

Ebenso leise antwortete Didier: »Das hat Zeit. Die laufen schon nicht weg. Unsere erste Priorität ist jetzt dieser Djiloboji. Wenn wir ihn in Gewahrsam haben, werden wir uns um die anderen kümmern, nicht vorher.«

Er sah, dass Wicker gerne widersprochen hätte. Doch er fügte sich und nickt nur, was Didier mit Genugtuung zur Kenntnis nahm. »Alle Mann aufsitzen, wir fahren zum Lazarett, und drücken Sie ein bisschen auf die Tube, verstanden?«

Die letzten Worte waren an den Fahrer gerichtet, der ein Grinsen sehen ließ. Das musste man ihm nicht zweimal sagen.

32

Er war sich nicht mehr sicher, was richtig und was falsch war. Es war alles verloren, sein Kind, seine Freundin und ... seine Ehre. Er konnte Helene nie wieder unter die Augen treten, nachdem er es nicht hatte verhindern können, dass man ihr das Kind weggenommen hatte. Wenn er sich vorstellte, was mit seinem Kind womöglich geschehen war, erfasste ihn sofort wieder diese alles verzehrende Wut. Er hätte dem nächsten Franzosen, der ihm unter die Augen kam, ohne Zögern die Kehle durchschneiden können. Und das ohne jegliche Reue. Was waren das für Unmenschen, die einer jungen Mutter das Neugeborene wegnahmen. In seiner Heimat, dem Senegal, wäre so etwas unvorstellbar gewesen. Kinder waren das höchste Gut, und je mehr Kinder ein Mann vorzuweisen hatte, umso angesehener war er in der Gesellschaft.

Doch er hatte inzwischen feststellen müssen, dass das Töten von Franzosen seiner Seele keine Erleichterung verschaffte. Die Rache hatte nicht die erhoffte Linderung seiner seelischen Qualen zur Folge gehabt. Er war müde ... müde und verzweifelt. Und er hatte das Töten satt.

Der Einzige, der ihm jetzt noch helfen konnte, war

sein Freund Gérard. Aber was würde er tun, wenn Gérard ihm riet, sich den Franzosen zu stellen? Was würden sie mit ihm anstellen, nachdem er fünf ihrer Landsleute getötet hatte? Napoléon war sich sicher, dass man kurzen Prozess mit ihm machen und ihn umgehend hinrichten würde. Sich zu stellen war keine Option. Also blieb nur noch die Flucht, solange man nicht wusste, dass er die Morde begangen hatte. Vielleicht konnte Gérard ihm bei der Flucht behilflich sein.

Napoléon eilte durch das Lazarett, ohne die verwunderten Blicke der Schwestern und Ärzte zu beachten. Es geschah offensichtlich nicht oft, dass schwarze Männer im Lazarett auftauchten, zumal die meisten seiner Landsleute schon vor längerer Zeit in die Heimat zurückgekehrt waren. Er und seine fünf Kameraden waren die letzten Senegalesen, die noch in Deutschland stationiert waren. Nachdem ihm eine verschüchterte Schwester den Weg zu Gérard gewiesen hatte, traf er ihn schließlich in einem Vorratsraum für Wäsche und Putzmittel an.

»Napoléon«, rief Gérard mit gepresster Stimme aus, »was machst du hier? Bist du lebensmüde?«

»Wieso lebensmüde? Wovon redest du?«

Gérard zog ihn in eine Ecke und sah sich ängstlich um, ob niemand in der Nähe war. »Sobald der Sergent aus seiner Bewusstlosigkeit erwacht, wird er berichten, wer ihn angegriffen hat. Dann wird man dich jagen. Bitte, Napoléon, flieh, solange du noch kannst.«

Napoléon Djiloboji war verwirrt. »Wieso erwacht? Was berichten? Ich verstehe nicht …«

Gérard erzählte ihm von der wundersamen Rettung des Sergent Fleury durch seine metallene Halskrause und davon, dass nur aufgrund seiner noch andauernden Bewusstlosigkeit noch niemand erfahren hatte, dass ein Senegalschütze hinter den Morden steckt. »Du weißt, wie ich zu deinen schrecklichen Taten stehe«, schloss er seinen Bericht. »Aber unsere Freundschaft ist mir heilig, Napoléon, ich habe dir mein Leben zu verdanken, deswegen würde ich dich nie verraten. Aber bitte, bitte«, beschwor er seinen Freund, »flieh und rette dein Leben, solange du noch kannst.«

Napoléon schwieg. Er konnte noch immer nicht fassen, dass sein letztes Opfer den Angriff überlebt hatte. Seine Gedanken rasten.

In diesem Moment ging die Tür auf, und eine junge Frau erschien. »Gérard! Was machst du hier?«

»O Gott, Babette. Du solltest nicht hier sein. Nicht jetzt.« Gérard klang verzweifelt.

Napoléon sah, wie die beiden sich verwirrt ansahen.

»Wer ist das?«, fragte die Frau, die Gérard Babette genannt hatte.

»Das ist mein Freund Napoléon. Du musst keine Angst vor ihm haben.«

Als Napoléon ihren entsetzten Blick und den Ausdruck in ihren Augen sah, wusste er, dass Gérard einen schweren Fehler begangen hatte.

»Das ...«, rief die Frau entsetzt aus, »das ist der Mann, dessen Kind geraubt wurde? Der Freund von Helene Jankowski?«

Gérard sah nun ängstlich zwischen ihr und Napoléon hin und her. »Woher weißt du das?«, hauchte er voller Angst in der Stimme.

»Ich war bei ihr, und sie hat mir von dem Kind und von ihrem Freund Napoléon erzählt. Sie macht sich große Sorgen um Sie.« Babette sah ihm nun direkt ins Gesicht, und er konnte tatsächlich so etwas wie Sorge in ihren Augen erkennen.

»Sie ... sie sorgt sich um mich?«, stammelte er.

»Ja, das tut sie. Und sie würde sich noch mehr Sorgen machen, wenn sie wüsste, dass Sie französische Soldaten töten, um ihr Kind zu rächen.«

»Du weißt davon?«, rief Gérard aus und sah seine Freundin mit entsetzter Miene an.

Sie wandte sich ihm zu. »Und nicht nur ich weiß davon. Mein Freund, ein deutscher Kommissar, und Colonel Anjou wissen auch davon. Sie sind bestimmt schon unterwegs, um Napoléon zu verhaften.«

Napoléon sah sich gehetzt um.

Gérard rang die Hände. »Um Himmels willen, Napoléon, flieh, solange du noch kannst. Das ist deine letzte Chance, ich bitte dich!«

Noch während Napoléon überlegte, stürmte eine aufgeregte Schwester in die Kammer. »Hier seid ihr, Gérard, Babette... Kommt, schnell. Vor dem Lazarett ist ein Wagen der Kommandantur vorgefahren, und bewaffnete Soldaten sind ausgestiegen. Irgendwas muss passiert sein...«

Erst jetzt bemerkte sie, dass Babette und Gérard nicht

allein waren. Ihr Mund öffnete sich zu einem stummen Schrei... Sie fing an, am ganzen Leib zu zittern, und wollte sich gerade zur Flucht wenden, als Napoléon nach vorne sprang und sie an sich riss. Aus dem Futteral, das er am Rücken trug, zog er das lange, rasiermesserscharfe Messer und hielt es ihr an die Kehle.

»Keinen Laut! Niemand von euch! Ich werde diese Frau als Geisel mitnehmen. Ihr werdet mich nie wiedersehen.«

Sein Freund Gérard war starr vor Schreck und nicht in der Lage, etwas zu sagen, aber die andere Schwester, Babette, blieb erstaunlich ruhig. Sie kam sogar einen Schritt auf ihn zu. »Lassen Sie sie gehen, Napoléon, nehmen Sie mich an ihrer Stelle. Auf mich werden die Soldaten nicht schießen, ich bin die Tochter von Colonel Anjou«, redete sie ruhig, aber eindringlich auf ihn ein.

»Was?«, entfuhr es Gérard. »Was redest du da? Bist du wahnsinnig! Was hast du mit diesem Anjou zu schaffen? Das ist dein Tod, Babette...«

Gérard ging auf Babette zu, wie um sie zu beschützen, doch es war bereits zu spät. Napoléon stieß die andere Schwester beiseite, packte Babette und zog sie an sich. Dann ging er zu der Tür, spähte hinaus und verschwand mit ihr auf dem Gang.

33

Didier Anjou betrat als Erster das Lazarett. Einer der Soldaten hatte die Eingangstür geöffnet, die anderen folgten ihm mit Wicker. Im Vorraum kam ihm bereits ein verschüchtert wirkender Arzt entgegen.

»Kann ich Ihnen helfen?«, fragte er. »Was ist denn los?«

»Wir sind auf der Suche nach einem schwarzen Soldaten. Große Gestalt, nicht zu übersehen.«

Inzwischen war auch eine Schwester hinzugetreten. Sie hatte Didiers Worte gehört. »Ich habe vorhin einen schwarzen Soldaten gesehen«, sagte sie dienstbeflissen. »Er hat eine Schwester nach dem Pfleger Gérard gefragt.«

»Wo finde ich diesen Pfleger?«

Die Schwester zuckte mit den Schultern. »Ich habe keine Ahnung. Die Schwester hat es ihm gesagt, aber ich selbst habe es nicht mitbekommen.«

Anjou sah von der Schwester zu dem Arzt. »Finden Sie die Schwester oder diesen Pfleger. Aber ein bisschen plötzlich!«

Der Arzt und die Schwester nickten beide und wandten sich zum Gehen.

»Und nehmen Sie sich in Acht. Der Mann, den wir suchen, ist gefährlich.«

Die beiden wechselten verängstigte Blicke, dann eilten sie davon.

Didier wandte sich zu Wicker und den Soldaten um. Sie sahen ihn erwartungsvoll an. Didier überlegte, ob es sinnvoll war, sich selbst auf die Suche nach dem Schwarzen zu begeben. Doch bevor er noch eine Entscheidung fällen konnte, ertönte aus einem Gang rechter Hand Geschrei. Zwei Schwestern eilten in den Vorraum.

»Er hat ein Messer!«, rief die eine, ein junge Blonde.

»O Gott, er hat Schwester Babette!«, rief die andere, eine kleine, dunkelhaarige.

»Was?« Das war Wicker. Er war vorgetreten. Didier sah den jungen Deutschen verwundert an.

Der wandte sich an die dunkelhaarige Schwester. »Babette Carolle? Meinen sie Babette Carolle? So reden Sie doch!«

Die Schwester nickte nur. Dann liefen sie zu zweit weiter, durch die Tür und hinaus auf den Vorplatz.

Didier stutzte. Babette Carolle? War das nicht die Freundin des Kommissars? Ja natürlich, es fiel ihm wieder ein. Die junge Frau, die ihm so dreist entgegengetreten war. Er würde auf den jungen Deutschen aufpassen müssen, damit dieser keine Dummheiten machte.

Er hatte kaum den Gedanken zu Ende gedacht, als Wicker an ihm vorbeistürzen wollte. Didier schaffte es gerade noch, ihn am Ärmel festzuhalten.

»Hiergeblieben, Adalbert! Ich weiß, Sie machen sich Sorgen um Ihre Freundin, aber es nützt niemandem, wenn Sie sich selbst in Gefahr begeben. Wir müssen einen kühlen Kopf bewahren. Also reißen Sie sich zusammen!«

Wicker funkelte Didier wütend. Er riss seinen Arm los. Doch er kam nicht dazu zu protestieren, denn in diesem Moment erschien in dem Gang der Senegalese, die junge Schwester vor sich haltend, das Messer an ihrer Kehle. Er schien die Situation sofort zu erfassen, denn er drückte die Frau fester an sich.

Die Soldaten richteten die Gewehre auf ihn.

»Lassen Sie mich gehen, dann passiert der Frau nichts!«, rief er ihnen zu.

Didier war nicht gewillt, sich von diesem Mann erpressen zu lassen. Natürlich würde er alles versuchen, um das Leben der jungen Frau zu retten, aber wenn es sich nicht verhindern ließ, dann würde er ihren Tod in Kauf nehmen, wenn er dadurch den Mörder von vier französischen Soldaten ausschalten könnte.

»Das Leben dieser Frau interessiert mich nicht!«, rief er dem Mann zu. Aus den Augenwinkeln konnte er erkennen, wie Adalbert Wicker entsetzt aufbegehren wollte. »Ich nehme ihren Tod in Kauf, wenn es sein muss. Also gib auf, Soldat, und stelle dich!«

»Colonel«, zischte Wicker ihm zu, »da ist etwas, das Sie wissen sollten ... Etwas sehr Wichtiges ...«

Ohne seinen Blick von dem Senegalesen abzuwenden, raunte er dem Deutschen zu: »Was ist so wichtig? Reden Sie, Mann!«

»Babette ... sie ist ... Ich weiß nicht, wie ich es Ihnen sagen soll ...«

»Kommen Sie endlich zur Sache, verdammt!«

»Babette ... sie ist Ihre Tochter ... sie ist Babette Anjou.«

Colonel Didier Anjou hatte das Gefühl, als wäre ihm der Boden unter den Füßen weggezogen worden. Für einen Moment war der Senegalschütze vergessen. Er wandte sich Wicker zu, sah ihm in die Augen. »Was ... was sagen Sie da?« Seine Stimme war nur ein heiseres Flüstern.

Wicker machte eine gequälte Miene. »Ich wollte es Ihnen früher sagen, aber Babette war dagegen. Bitte verzeihen Sie mir.«

Es dauerte einen Moment, bis ihm wirklich klar wurde, was das bedeutete. Er wandte sich den Soldaten zu, hob die Hand und rief: »Niemand schießt, verstanden? Auf gar keinen Fall schießen!«

Die Soldaten blickten ihn verwirrt an, dann nickten sie, hielten die Waffen aber immer noch auf den Schwarzen gerichtet.

»Die Waffen runter ... sofort!«, schrie Didier. Er trat an einen der Soldaten heran, schlug diesem das Gewehr fast aus der Hand. Unter gar keinen Umständen durfte er das Leben seiner Tochter gefährden.

Der Afrikaner hatte die Szene aufmerksam verfolgt. Jetzt trat ein Lächeln auf sein Gesicht. »Aha«, sagte er so laut, dass alle es hören konnten, »dann stimmt es also. Sie ist die Tochter des Colonels. Dann habe ich vielleicht doch eine Chance, euch Franzosenschweinen zu entkommen.«

Langsam und sich ständig nach links und rechts umsehend, bewegte er sich in Richtung der Ausgangstür. Als er sie erreicht hatte, wandte er sich noch einmal um: »Niemand folgt mir! Wenn ich in Sicherheit bin, lasse ich die Frau laufen. Wenn Sie mir folgen, töte ich sie.«

Dann stieß er mit dem Rücken die Tür auf und schlüpfte mit Babette hinaus.

Noch nie in seinem Leben hatte sich der Colonel so hilflos gefühlt. Was sollte er tun? Was um Himmels willen sollte er tun? Er musste das Leben seiner Tochter retten ...

Seine Tochter! Der Gedanke traf ihn erneut wie ein Schlag. Jetzt erst begriff er, was sie gemeint hatte, als sie ihm so wütend entgegengetreten war. Sie machte ihm Vorwürfe, gab ihm die Schuld am Tod ihrer Mutter ... Wie konnte sie auch ahnen, warum er den Tod ihrer Mutter nicht hatte verhindern können, den Tod seiner über alles geliebten Frau ...

Didier brach den Gedankengang ab. Das war momentan alles zweitrangig. Nun galt es, ihr Leben zu retten.

In diesem Moment wurde ihm bewusst, dass Wicker auf ihn einredete.

»Colonel! Colonel, kommen Sie zu sich. Was sollen wir tun? Wir können ihn doch nicht einfach mit Babette entkommen lassen. Wir müssen etwas tun ... und zwar schnell!«

»Ja, ja natürlich, ich ...«, er stockte. Er sah den Deutschen mit Verzweiflung im Blick an. »Was schlagen Sie vor, Adalbert?«

»Wir müssen ihnen folgen, aber möglichst unauffällig. Ich schlage vor, dass zwei der Soldaten mit dem Auto in die Stadt fahren, während wir mit den beiden anderen Soldaten den Weg durch den Wald nehmen. Ich vermute, den Weg wird auch unser Täter gehen. Es ist der kürzeste Weg runter nach Coblenz. Wir bleiben hinter ihm, bis wir wissen, wohin genau er will. Ich vermute, dass er zu seiner Unterkunft will. Er weiß noch nicht, dass wir bereits dort waren. Vielleicht hofft er auf die Hilfe seiner Kameraden.«

Didier zögerte nicht lange und nickte. »Gut, machen wir uns auf den Weg.«

Er gab seinen Soldaten die entsprechenden Anweisungen, dann folgte er Adalbert zur Tür, und sie schlüpften ebenfalls vorsichtig und sich nach allen Seiten umsehend hinaus.

34

Der Senegalese führte sie am Arm, den er mit festem Griff umklammert hielt. Das Messer hatte er wieder in das Futteral auf seinem Rücken gesteckt. Er eilte mit ihr den Weg von der Festung zum Rhein hinunter – denselben Weg, auf dem Adalbert sie vor wenigen Tagen so sehr erschreckt hatte, als er plötzlich aus dem Wald gekommen war.

»Was haben Sie mit mir vor, Napoléon?«, fragte Babette mit gepresster Stimme. Sie rannten fast, und Babette war bereits ganz außer Atem. »Wann lassen Sie mich gehen?« Sie versuchte nicht weinerlich zu klingen.

Eine Weile liefen sie schweigend weiter. Schließlich warf der Schwarze ihr einen flüchtigen Blick zu, bevor er seine Augen wieder schweifen ließ auf der Suche nach möglichen Verfolgern.

»Sobald wir in der Stadt unter Menschen sind und keine französischen Soldaten in unserer Nähe zu sehen sind, lasse ich Sie gehen. Ich muss sicher sein, dass die Schergen des Colonels mir nicht auf den Fersen sind.«

Wieder schwieg er eine Weile. Dann blickte er sie länger an. »Sind Sie wirklich die Tochter des Colonels?«, fragte er schließlich.

Die Frage überraschte sie. Sie überlegte, ob sie ihm die Wahrheit sagen sollte. Warum eigentlich nicht? Es war in jedem Fall gut, mit dem Mann zu reden.

»Ja«, sagte sie daher, »aber der Colonel hat mich seit vielen Jahren nicht gesehen, und ich denke, bis heute hat er gar nicht mehr daran gedacht, dass es mich überhaupt noch gibt. Er hat unsere Familie verlassen, als ich noch klein war.« Es gelang ihr nicht, ihre Traurigkeit zu verbergen.

Napoléon sah wieder zu ihr, und sie glaubte, auch in seinen Augen so etwas wie Traurigkeit zu sehen. Dann zuckte er mit den Schultern

»Ich glaube«, sagte er, »dass Sie ihm doch etwas bedeuten, sonst hätte er seine Leute schießen lassen, und wir wären jetzt nicht hier.«

Meinte er das ernst? Was hatte er beim Colonel gesehen, was ihr entgangen war? Warum sollte sie ihrem Vater etwas bedeuten? Er hätte sie doch längst ausfindig machen können! Warum hatte er es nicht getan?

Inzwischen hatten sie den Wald unterhalb der Festung verlassen und waren auf dem Weg zur Brücke über den Rhein, hinter der es nicht mehr weit bis zur Altstadt war. Die Brücke war voller Menschen und Fahrzeuge – überwiegend Armeelastwagen. Babette befürchtete, dass Napoléon sie kaum freilassen würde angesichts der patrouillierenden Franzosen. Die Gefahr, dass sie um Hilfe rufen würde, war zu groß. Und vermutlich wären Adalbert und der Colonel ihnen auch bereits auf den Fersen.

Sie warf einen verstohlenen Blick hinter sich. Und tatsächlich – da waren sie! In ungefähr fünfzig Metern Entfernung sah sie Adalbert und zwei der Soldaten, die hinter einer Hausecke verharrten und sie beobachteten.

Napoléon, der sie jetzt dichter an sie drückte, damit man nicht sah, wie er sie am Arm hielt, beschleunigte erneut seine Schritte. Gemeinsam überquerten sie die Rheinbrücke ... unbehelligt. Die Menschen waren viel zu sehr mit sich selbst beschäftigt, um dieses sonderbare Pärchen groß zu beachten. Nach der Rheinbrücke blieben sie noch eine kurze Strecke auf der Verlängerung der Straße, bis Napoléon rechts in die Casinostraße einbog und den Weg in Richtung Altstadt einschlug.

Babette fragte sich gerade, wohin er nur wollte, als sie um eine Ecke bogen und im nächsten Moment am Plan standen. Weiter hinten sah sie den Brunnen, vor dem Kinder spielten. Vor den Lokalen saßen Menschen auf Holzbänken an Tischen und tranken, scherzten und lachten. Die Sonne schien, und die ganze Szene wirkte wie ein friedlicher Tag in einem hübschen Ort, wo fröhliche Menschen sorglos ihre Mußestunden genossen.

»*Qu'est-ce que tu fais avec cette femme, nègre?*«,* erklang plötzlich eine Stimme hinter ihnen. Napoléon wandte sich um, ohne seinen Griff zu lockern. Sie sahen sich einem einzelnen Soldaten gegenüber, der ein Gewehr geschultert hatte. Er mochte Anfang zwanzig sein und schien eher neugierig als misstrauisch. Aber seine zusammen-

---

* Was machst du mit dieser Frau, Neger?

gezogenen Augenbrauen signalisierten, dass er kein Freund der afrikanischen Soldaten war.

»Was geht es dich an?«, fuhr Napoléon ihn barsch auf Französisch an. »Kümmere dich um deine eigenen Angelegenheiten.«

Das war offensichtlich die falsche Ansprache, denn nun war dem Soldaten die Verärgerung deutlich anzusehen.

»Pass auf, was du sagst, Neger. Von einem dahergelaufenen Buschmann lass ich mir so was nicht gefallen. Geh gefälligst in den Urwald zurück, wo du hergekommen bist.«

Babette sah den Soldaten verwundert an. Sie hatte noch nie begriffen, warum die weißen Soldaten ihre schwarzen Kameraden so behandelten. Ohne zu überlegen, was sie tat, fuhr sie den Soldaten an: »Lassen Sie den Mann in Ruhe. Er hat Ihnen nichts getan.«

Die Verblüffung, sich einer Französin gegenüberzusehen, stand dem jungen Mann ins Gesicht geschrieben. Doch jetzt übertrug sich sein ganzer Hass auf die Frau, die da vor ihm stand.

»Du elendes Flittchen! Ich fasse es nicht. Ist es nicht schon schlimm genug, dass diese Tiere sich an deutsche Frauen ranmachen? Sind jetzt auch noch unsere eigenen Frauen dran? Könnt ihr euch nicht anständige, gute französische Männer suchen?«

Babette sah sich nervös um. Es stand zu befürchten, dass sie Aufmerksamkeit erregten, und sie wusste nicht, wie Napoléon reagieren würde, wenn er sich in Gefahr wähnte.

Der Soldat war noch nicht fertig. Er funkelte Napoléon an. »Ich hätte gute Lust, dir eine Tracht Prügel zu verabreichen, du schwarzes Ungeheuer, oder zumindest diese kleine Hure mitzunehmen und ihr zu zeigen, wozu französische Männer in der Lage sind. Auf jeden Fall werde ich dich zur Meldung bringen, und dann werden wir mal sehen, ob ...«

Der Rest des Satzes ging in einem erstickten Gurgeln unter, als Napoléon mit einem gewaltigen Satz nach vorne sprang und sein langes, scharfes Messer bis zum Heft im Bauch des Jungen versenkte.

Niemals würde sie den ungläubigen Blick des Jungen wieder vergessen, als er nach unten sah, wo Napoléon gerade das Messer wieder aus seinem Bauch zog und ein Schwall dunklen Blutes herausschoss. Mit einer schnellen Bewegung riss der Senegalschütze dem Soldaten das Gewehr von der Schulter und stieß diesem den Kolben gegen den Schädel. Der Soldat brach lautlos zusammen.

Babette sah entsetzt auf den Mann nieder, der dort in seinem Blut lag. Inzwischen waren die Menschen auf dem Platz auf das Geschehen aufmerksam geworden. Irgendwo schrie eine Frau schrill auf. Napoléon schien davon nichts mitzubekommen. Er richtete das Gewehr auf den am Boden Liegenden.

»Es waren Menschen wie du, die mir mein Kind gestohlen haben.« Er spie die Worte förmlich aus. »Dafür wirst du büßen ...«

Er legte an, war drauf und dran abzudrücken.

»Nein! Nicht!«, schrie Babette und stürzte sich auf den

hünenhaften Senegalesen. Genau in dem Moment, als sich krachend der Schuss aus der Waffe entlud. Der Senegalese strauchelte nur leicht und sah Babette mehr erstaunt als verärgert an. Er schien sich erst jetzt wieder an ihre Gegenwart zu erinnern. Die Kugel hatte den am Boden liegenden Soldaten knapp verfehlt und war als heulender Querschläger vom Pflaster abgeprallt.

Auf dem Platz brach Panik aus. Tische und Bänke wurden umgestoßen, als die Menschen aufsprangen, um sich in Sicherheit zu bringen.

Napoléon richtete die Waffe auf Babette. »Warum hast du das getan? Das ist einer von denen, die mir und meiner Helene das Kind weggenommen haben. Begreifst du denn nicht?«

Babette antwortete nicht. Ihr Blick zuckte hin und her. Sie sah die rennenden Menschen, hörte ihr Rufen, und dann bemerkte sie die Männer, die sich hinter dem Senegalesen von der anderen Seite des Platzes näherten. Adalbert und der Colonel sowie zwei der Soldaten. Sie waren noch etwa zwanzig Meter von ihnen entfernt.

»Nein! Lass sie in Ruhe! Tu ihr nichts!«, rief in diesem Moment der Colonel und eilte schneller werdend auf sie zu.

Napoléon drehte sich mit der Waffe im Anschlag herum. Erst jetzt schien Anjou zu realisieren, dass er mit bloßen Händen auf den Senegalesen zugerannt war. Er blieb stehen, griff zu seiner Pistolentasche an der Hüfte, öffnete den Verschluss, um die Waffe herauszuziehen ...

Der Senegalese zögerte nicht. Er zielte und schoss.

Babette schrie auf. Sie sah nur noch, wie sich im selben Moment Adalbert auf den Colonel stürzte ... und ihn zur Seite stieß. Noch in der Bewegung wurde Adalbert von der Kugel getroffen und nach hinten geschleudert.

Babette sank auf die Knie. Sie zitterte am ganzen Leib, aber sie konnte den Blick nicht von dem ungeheuerlichen Geschehen wenden. Sie sah das Blut, das aufspritzte, als Adalbert getroffen wurde, sah, wie er leblos auf das Pflaster schlug.

Dann fielen unmittelbar hintereinander drei krachende Schüsse.

Babette schloss die Augen. Sie wusste nicht, wer geschossen hatte und wer getroffen worden war. Es war ihr egal. Ihr einziger Gedanke war: Adalbert! Dann versank sie in eine gnädige Ohnmacht.

35

»Wo bin ich?« Adalbert nahm nur schemenhaft die kleine Gestalt war, die bei ihm stand.

»Im französischen Lazarett.«

Adalbert erkannte die sonore Stimme von Professor von Hohenstetten. Er wollte sich aufrichten, aber von Hohenstetten legte ihm eine Hand auf die Schulter und drückte ihn sanft wieder zurück auf das Kissen.

»Immer langsam, junger Mann. Sie sollten sich noch nicht zu sehr anstrengen, sonst besteht die Gefahr, dass die Nähte aufbrechen.«

»Nähte? Was ist passiert?«

Lachend schüttelte der Professor den Kopf. »Eins nach dem anderen.« Er sah Adalbert mit einem versonnenen Lächeln an. »Sie sind der Held des Tages. Zu dumm, dass Sie sich nicht an Ihre Heldentat erinnern.« Er überlegte einen Moment. »Nun, das heißt, unter den Deutschen gibt es gewiss auch solche, die dem Colonel den Tod gewünscht hätten. Aber Sie mussten ihm ja das Leben retten und haben sich dabei eine Kugel eingefangen.«

Langsam kehrte Adalberts Erinnerung zurück. Der Senegalese hatte auf den Colonel angelegt und geschossen ... und er, Adalbert, hatte ihn aus der Schusslinie gebracht. »Aber was ... Babette ... der Senegalese ... wie ...?«

»Immer mit der Ruhe. Ich erzähle Ihnen gleich, was Sie alles versäumt haben. Das Wichtigste zuerst – Ihrer Freundin geht es gut. Ihr ist nichts passiert.«

Die Erleichterung durchflutete Adalbert wie eine warme Welle, und er wäre am liebsten wieder in den Schlaf gesunken.

Babette geht es gut. Ihr ist nichts passiert. Was konnte wichtiger sein? Aber ...

»Was ist mit dem Colonel?«

Wieder lachte von Hohenstetten. »Tja, der Colonel ist sehr unglücklich gefallen, als Sie ihn so überraschend geschubst haben. Er hat sich beim Aufprall auf das Pflaster den Arm gebrochen. Aber der Bruch ist harmlos und wird schnell wieder verheilen.«

»Und der Senegalese?«

Von Hohenstettens Gesicht verfinsterte sich. »Als der Senegalese auf den Colonel geschossen hat, haben die Soldaten das Feuer eröffnet. Der Mann war sofort tot. Ich habe ihn eben gerade obduziert.« Von Hohenstetten schwieg einen Moment, bevor er fortfuhr. »Ich denke, dass es so das Beste für alle Beteiligten ist. Wäre es zum Prozess gekommen, hätte der Ausgang ohnehin von vornherein festgestanden. Und es wären nur unnötig Emotionen geschürt worden. Es hat in den vergangenen Tagen schon genug Aufregung in der Presse gegeben wegen der Morde, und dass die Franzosen nicht erfreut sind über die gegenwärtige Berichterstattung, versteht sich von selbst ...«

Adalbert hatte zuletzt kaum noch zugehört. Ihm ging ein Gedanke im Kopf herum. »Was ist aus dem Kind geworden?«

Der Professor seufzte tief, bevor er zu sprechen begann. Die Sache ging ihm offensichtlich sehr nahe.

»Das Kind ist nicht auffindbar, und wenn ich ehrlich bin, habe ich keine Hoffnung, dass es noch lebt.« Er straffte sich. »Aber Colonel Anjou hat diesen Geheimdienstoffizier, Capitaine Dupré, damit beauftragt, die Affäre ein für alle Mal aufzuklären. Wenn er herausfindet, welche Soldaten für diese Taten verantwortlich sind, dann gnade ihnen Gott ...«

Adalbert wollte gerade etwas erwidern, als sich die Tür zum Krankenzimmer öffnete und Colonel Didier Anjou den Raum betrat, als hätte er draußen auf sein Stichwort gewartet. Sein linker Arm war eingegipst und hing in einer Schlinge vor der Brust.

Bereits im Näherkommen breitete sich ein zaghaftes Lächeln auf dem Gesicht des Colonel aus. »Guten Tag, wie geht es Ihnen. Ich hoffe, Sie haben keine Schmerzen.«

Die Frage verwunderte Adalbert. Er hatte noch gar nicht an seine Wunde gedacht. Erst jetzt betrachtete er den dicken Verband an seiner rechten Schulter. Als er versuchte, den Arm zu bewegen, schoss ihm ein Schmerz durch den ganzen Leib.

Er stöhnte auf. »Es geht mir gut«, sagte er nicht sehr glaubhaft. »Danke der Nachfrage.«

Die beiden Männer sahen sich schweigend an. Die

Stille dehnte sich, als keiner von beiden Anstalten machte, das Wort zu ergreifen.

Der Professor sah zwischen ihnen hin und her. Schließlich schüttelte er den Kopf. »Herrgott, Anjou, ist das alles? Der Mann hat Ihnen das Leben gerettet hat. Nun bedanken Sie sich gefälligst bei ihm!«

Anjou sah betreten vor sich auf den Boden. »Ich ...«, begann er stockend, »... ich muss gestehen, dass Sie beide, sowohl Sie, Herr Professor, als auch Sie, Adalbert, so gar nicht in das Bild passen, dass ich mir von den Deutschen gemacht habe. Ich habe begonnen, an mir zu zweifeln und meine bisherige Einschätzung infrage zu stellen.« Er unterbrach sich, holte tief Luft. »Ich möchte mich bei Ihnen bedanken, Adalbert, dass Sie Ihr Leben aufs Spiel gesetzt haben, um mich alten, verbohrten Franzosen zu retten. Ich weiß nicht, wie ich das jemals wiedergutmachen kann.«

Adalbert sah, wie von Hohenstetten unverschämt grinste. Er nahm all seinen Mut zusammen. »Wenn ich einen Wunsch äußern dürfte, dann würde ich Sie bitten ...« Er zögerte, doch jetzt gab es kein Zurück mehr. »Meine Bitte wäre – gehen Sie auf Ihre Tochter zu. Erklären Sie ihr, was damals geschehen ist, warum Sie in ihrer schwersten Stunde nicht bei ihr sein konnten.« Die Miene des Colonel war ernst, aber er schien seine Worte gut aufzunehmen. Deswegen fuhr Adalbert unverzagt fort. »Außerdem würde ich mich freuen, wenn Sie Babette und mir Ihren Segen geben würden. Denn ich möchte sie heiraten.«

Beim letzten Satz war Anjou einen halben Schritt zurückgetreten. Entsetzt starrte er Adalbert an.

Von Hohenstetten kam dem überforderten Franzosen zu Hilfe. Er grinste. »Tja, mein lieber Colonel, so ist die Jugend von heute. Redet nicht lange um den heißen Brei herum wie wir früher, sondern immer freiheraus. Und Sie werden einsehen, dass ihm ein Kniefall momentan große Schwierigkeiten bereiten würde. Nun, und da Sie doch von Wiedergutmachung sprachen …«

Anjou hatte dem Professor mit erstaunter Miene zugehört. Jetzt entspannten sich seine Gesichtszüge, und erneut erschien das Lächeln auf seinen Lippen. »Na, wenn das so ist … Ja, selbstverständlich. Ich meine … selbstverständlich gebe ich euch meinen Segen.« Er trat zu Adalbert und schlug ihm in einer väterlichen Geste auf die Schulter … was dieser mit einem lauten Schmerzensschrei quittierte.

Erschrocken fuhr Anjou zurück. »Oh, Pardon, da sind wohl meine Gefühle mit mir durchgegangen. Die Deutschen sind offensichtlich doch nicht so hart im Nehmen, wie ich bisher gedacht habe.«

Epilog

Sie war versucht, sich zu zwicken, um sicherzugehen, dass sie nicht träumte, aber ein Blick nach links, auf den neben ihr in seiner Galauniform einhergehenden Colonel Anjou, ihren Vater, war ausreichend, um sie in die Realität zu holen.

Die Orgel spielte, während sie langsam in ihrem weißen Brautkleid den Mittelgang der Herz-Jesu-Kirche entlangschritt, auf den Altar zu, an dem Adalbert bereits wartete und strahlte wie ein Honigkuchenpferd. Die beiden Gestalten, die rechts und links neben ihm standen, hätten sie in jeder anderen Situation zum Lachen gebracht. Der eine war breiter als hoch und der andere ein wahrer Hungerhaken. Professor von Hohenstetten trug einen Frack, der aus allen Nähten zu platzen schien, und der Büroschreiber Kargel verschwand fast in einem Anzug, der seinem Träger vielleicht vor dreißig Jahren einmal gepasst hatte. Adalbert, der beide um einen ganzen Kopf überragte, trug dagegen einen perfekt sitzenden neuen schwarzen Anzug, und sie war glücklich, einen so schmucken, adretten Mann heiraten zu dürfen.

Aber mehr noch als sein Äußeres war es sein freundliches und herzensgutes Wesen, das ihn in ihren Augen so begehrenswert machte. Alleine Adalbert war es zu verdanken, dass es schließlich zu einer Aussöhnung zwischen ihrem Vater – den sie noch immer »den Colonel« nannte – und ihr gekommen war. Adalbert hatte zwischen ihnen vermittelt, hatte ihr geholfen zu verstehen, was der Colonel durchgemacht hatte, wie sehr er unter dem Verlust seiner Frau gelitten hatte, wie er sich nach dem Krieg immer mehr in sich zurückgezogen und sich so schließlich von ihr, der Tochter, immer mehr entfremdet hatte.

Sie spürte inzwischen auch, dass der Colonel ihr die Gefühle entgegenbrachte, die man von einem Vater seiner Tochter gegenüber erwarten durfte. Er liebte sie über alle Maßen, das wusste sie jetzt. Die Zukunft würde zeigen, ob sie ihn irgendwann genauso würde lieben können.

Als sie schließlich den Altarraum erreichten, wischte der Professor sich gerade mit einem Taschentuch von der Größe eines Handtuches den Schweiß von der Glatze. Aber im Übrigen schien er es zu genießen, hier im Mittelpunkt des Geschehens zu stehen. Im Gegensatz zu Kargel, der unstet hin und her blickte und aussah, als wäre er am liebsten im Erdboden versunken.

Bei den dreien angekommen, übergab der Colonel ihre Hand, die bisher auf seinem rechten Unterarm geruht hatte, an den strahlenden Adalbert. Noch bevor sie sich zu dem wartenden Pfarrer umdrehen konnten, wandte der Colonel sich an Adalbert. Zur Überraschung aller erhob er feierlich die Stimme: »Mein lieber Schwiegersohn, hiermit übergebe ich dir meine Tochter in der Hoffnung, dass du sie zeit ihres Lebens so lieben und ehren möchtest, wie sie es verdient.« Er machte eine theatralische Pause, bevor er fortfuhr. »Aber vergiss nie, dass ich als Soldat eine Waffe trage und sie einzusetzen bereit bin. Solltest du meine Tochter schlecht behandeln, wäre ich geneigt, einen neuen Krieg anzufangen, um ihre Ehre wiederherzustellen. Ich hoffe, du hast mich verstanden.«

Er zwinkerte Adalbert zu, und dieser grinste nur umso breiter.

Dann trat der Colonel einen Schritt zurück, schlug die Hacken zusammen und salutierte.

Alle Anspannung fiel von Babette ab, und sie registrierte, dass auch Adalbert erleichtert aufatmete, als sie endlich neben ihm stand. Jetzt war sie bereit, in einen neuen Lebensabschnitt einzutreten.

Danksagung

Ich bin kein Historiker, aber beim Lesen von historischen Kriminalromanen hat mich immer fasziniert, dass man nicht nur spannend unterhalten wird, sondern nebenbei auch noch Wissen über eine vergangene Zeit vermittelt bekommt.

Die Geschichte der »Rheinlandbastarde« ist ein dunkles Kapitel sowohl der deutschen als auch der französischen Historie. Als ich mich für dieses Thema zu interessieren begann, musste ich zu meiner Überraschung feststellen, dass die meisten Menschen, denen ich davon erzählte, über die sogenannte »alliierte Rheinlandbesetzung« nach dem Ersten Weltkrieg nur sehr wenig wussten und von der Geschichte der »Rheinlandbastarde« noch nie zuvor gehört hatten. Grund genug für mich, eine Geschichte zu ersinnen, die vor dem Hintergrund dieser historischen Ereignisse spielt.

Mein ausdrücklicher Dank gilt all denjenigen, die mich bei den historischen Recherchen unterstützt haben. Dabei ist an erster Stelle das Stadtarchiv Koblenz und die Stadtbücherei im Forum Confluentes zu nennen, wo ich zeitgenössische Dokumente und Bücher über die Zeit nach dem Ersten Weltkrieg gefunden habe.

Darüber hinaus gilt mein großer Dank dem Heyne Verlag und dem hervorragenden Lektorat durch Heiko Arntz, das meinen stilistischen Schwächen so wunderbar auf die Sprünge geholfen hat.

Nicht zu vergessen natürlich mein herzlicher Dank an Christine Härle, meine Agentin, und die Agentur Brauer, die an mich geglaubt haben und die mich so toll unterstützen auf meinem schriftstellerischen Weg.

Allerdings gebührt auch ein großes Dankeschön meiner lieben Frau, Ellen, die als eine der ersten Probeleserinnen die Geschichte für erzählenswert befunden hat … und die ich dennoch über Wochen und Monate mit geschichtlichen Fakten und Geschehnissen genervt habe.

Vielen, vielen Dank euch allen, ohne euch würde es dieses Buch nicht geben!